# 大伴家持と万葉の歌魂《うただま》

八木 喬

櫂歌書房

# プロローグ

京都に都を遷して二百年、平安時代と呼ばれる貴族社会も爛熟期を迎えていた。

左大臣藤原道長は愛娘で一条天皇（在位九八六～一〇一一）の中宮、彰子の居宮を訪れると、周りの女房たちを促して蔀戸《しとみ》をおし開けさせた。眩しい光に一瞬閉じた目を開けると、前庭のうららかな陽光の中に一本の八重桜が咲きほこっていた。道長は先日訪れたとき、女房たちが奈良の古都の歌・万葉集を話題にしているのを聞き、奈良の高僧に頼んで桜の樹を送り届けさせたのである。道長が中宮の許を訪れるのは和漢の書に通じ和歌に堪能な女房を中宮の周りに集めるためで、文学好きの一条天皇が先輩の中宮や妃より頻繁に彰子の居宮を訪れて早く世継ぎを誕生させれば、結果として自らの地位が盤石になる（関白昇格）と考えたからである。

爛漫と咲く花を誉める声に道長は満足の笑みを浮かべながら、最近評判の『源氏物語』を書いているという紫式部に、この花を題に歌を詠むよう促した。しかし彼女は上機嫌の道長の言葉に逆らうように、「その役は『伊勢大輔』の方が…」と言って、隅に居る若い女房の方を指差した。道長は少し鼻白んだがそのことを見せまいと鷹揚に肯いたので、伊勢は急な指名への驚きと、周りが寄せる不安を振り払うように詠い出した。

**古《いにしへ》の奈良の都の八重桜けふ九重《ここのへ》に匂《にほ》ひぬるかな**　（詞花和歌集二九）

**久しく昔の奈良の都の八重桜が今日は九重の宮中でひときわ美しく咲き誇って居ります**

それを聞きながら道長も周りの女房たちも、一様に往年の都・奈良の栄華を詠った万葉の歌人小野老の次の歌を連想していた。

**青丹《あをに》よし奈良の都は咲く花の匂ふがごとくいま盛《さかり》なり**　（三／三二八）

**奈良の都は満開の花が色鮮やかに華やぐように今まさに盛りである**

美しく咲く花と共に都の栄華も歌の魂《こころ》も、今ここ京都の宮廷、とりわけ中宮彰子の所へ移ったと、伊勢の歌は宣言したのである。

五〇代桓武帝（七八一〜八〇六）は、歌人大伴家持が奈良から長岡京への遷都に反対した黒幕と断罪して、証拠に押収された完成直前の万葉集は、帝の死後も『桓武帝の呪い』と言われて宮廷奥深く隠された。

九五一年六二代村上天皇は呪いの箱を開けさせ、命を受けた『梨壺の五人』の歌人は万葉仮名で書かれた倭歌を解読して、眠っていた万葉集の大半四千余首を「かな」に移し変えることに成功した。その結果孫の一条天皇の代には、朝廷に伺候する女房たちも容易に万葉集を手にして、その感動は彼女たちの書く源氏物語、枕草子など各種歌物語や日記を豊かなものにして行った。

万葉集は口誦時代から飛鳥・藤原京を経て八世紀の寧楽（奈良）時代までの、上は天皇から名も無い庶民まで、幅広い階層の人々の歌約四千五百首を納めた世界に類例のない古代歌集である。成立由来を語る『序』が無く、他の同時代書物にも万葉集に関連する記述がないので、誰が何の目的で多くの歌を集め、現在見る歌集を作り上げたか定説はない。

奈良時代初期は大宝律令の施行に伴ない、大和朝廷以来の豪族・氏族制が崩壊し、官僚制度が確立する移行期であり、天皇を守る武門の名家・大伴家の人びとも官僚制に組み込まれ、やがて藤原氏を中心とする権力闘争に巻き込まれて苦しみながら没落して行く。

大伴家持は万葉集に最多の四七三首（父・旅人の七八首、叔母で義母・坂上郎女の八四首を含めると全体の一四％）を残す歌人であると共に、越中を振り出しに多くの国守を歴任し、中納言・陸奥按察使鎮守将軍として多賀城（仙台市郊外）で死んだ高級官僚・政治家であった。

本書ではこの家持の生涯と歌集としての万葉集の成立、及び長く禁書として歴史の闇に葬られた経緯を関連づけて書いた。平和な天平時代を謳歌した素朴な万葉集というイメージとは違う、血みどろの抗争の中で成立し、その後も多くの人々の暗闘に翻弄されながらも生き続けた、たくましい生命力を見る事ができるだろう。

なお『万葉集』の名は大伴家持の時代にはまだ無かったようだが、書名が無いと文章が書き難いので本書内では使用している所もある。

## 文中の万葉集の倭歌の表記について

◆短歌または反歌は次の例のように、『新訓万葉集上下』（佐佐木信綱篇、岩波文庫）に準拠の漢字仮名交りの「ゴチック体」で表記した。括弧内は（巻／国家大観による歌番号）。

◆左脇に口語訳を「行書体」で表記した。

**例：青丹《あおに》よし奈良の都は咲く花の匂ふがごとくいま盛《さかり》なり**　（三／三二八）
奈良の都は満開の花が色鮮やかに華やぐように今まさに盛りである

◆長歌も同様に、元歌は「ゴチック体」、口語訳は「行書体」で表記した。しかし長歌は字数が多く現代感覚では冗長な部分が多いので、本文との関係で特に重要な歌以外は省略し、載せた歌も多くは口語訳の主要部のみにしている。

大伴家持と万葉の歌魂

# 目次

目　次

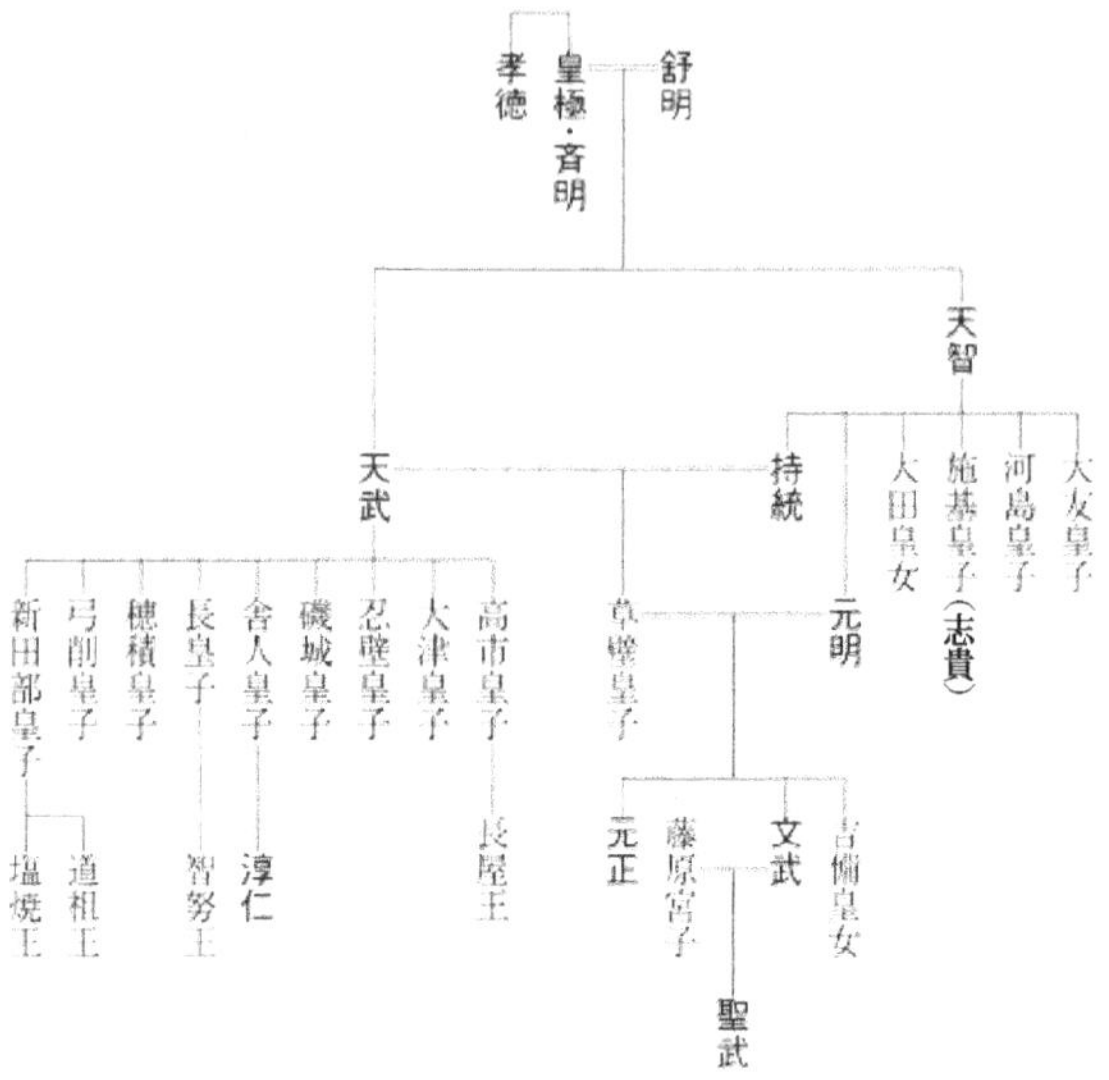


出典：『飛鳥の都』（吉川真司、岩波新書）

## 天皇家系図

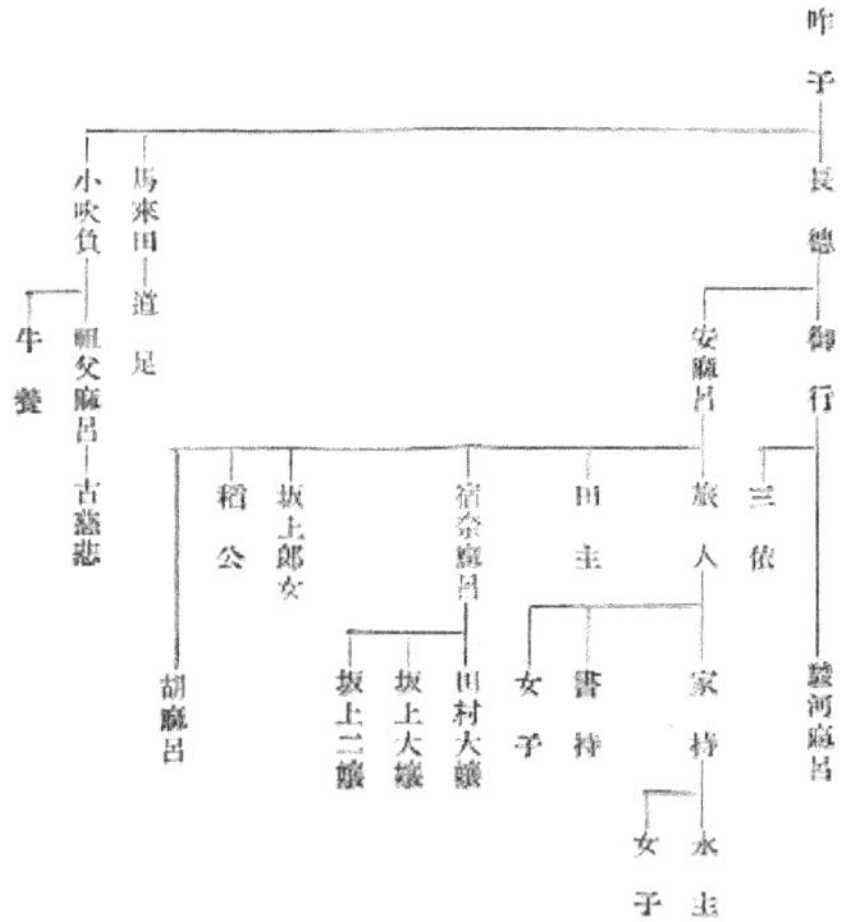


出典：『萬葉辞典』（佐々木信綱、中央公論社）

## 大伴氏系図

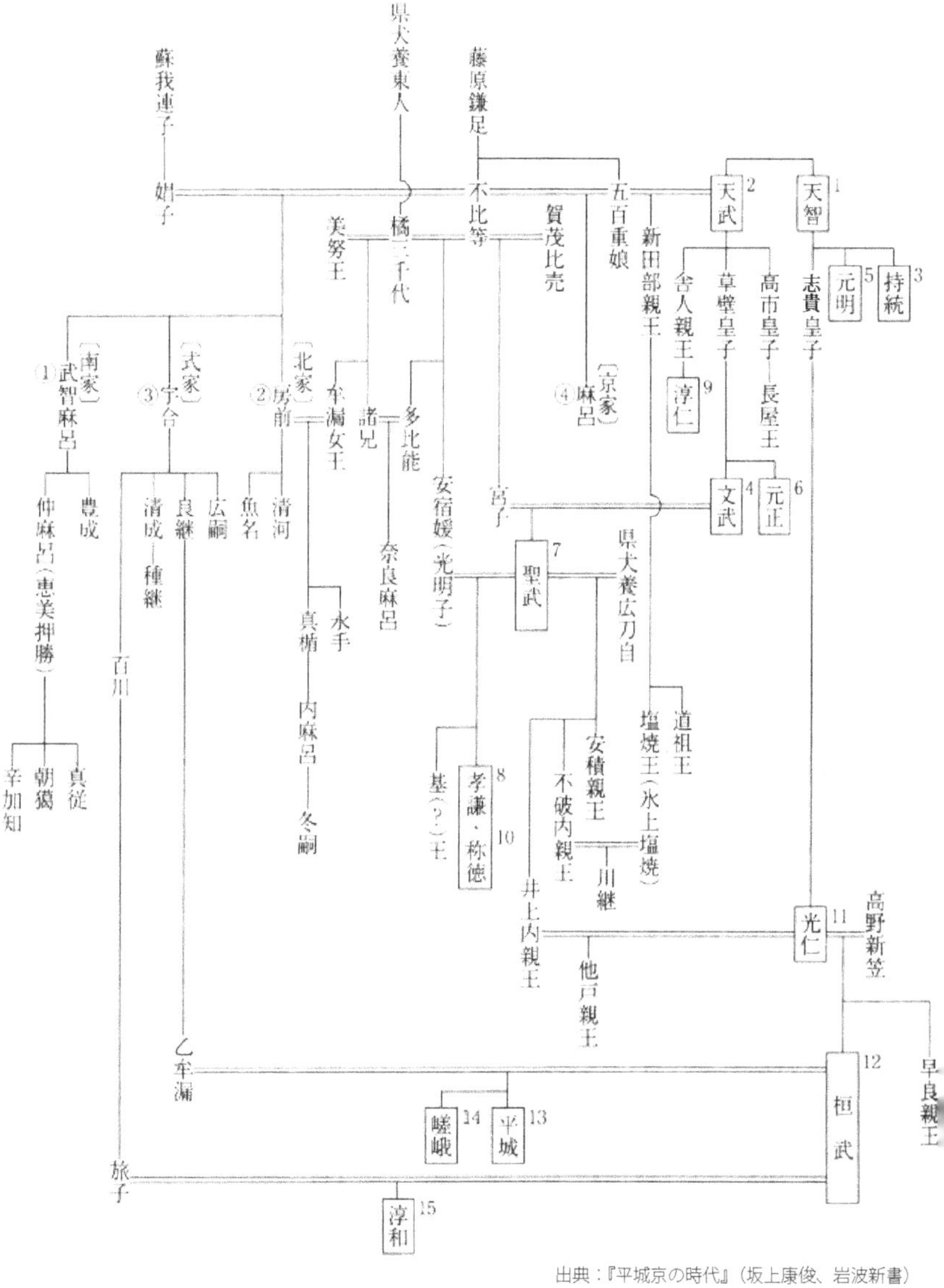


出典：『平城京の時代』（坂上康俊、岩波新書）

**天皇家・藤原氏略系図**

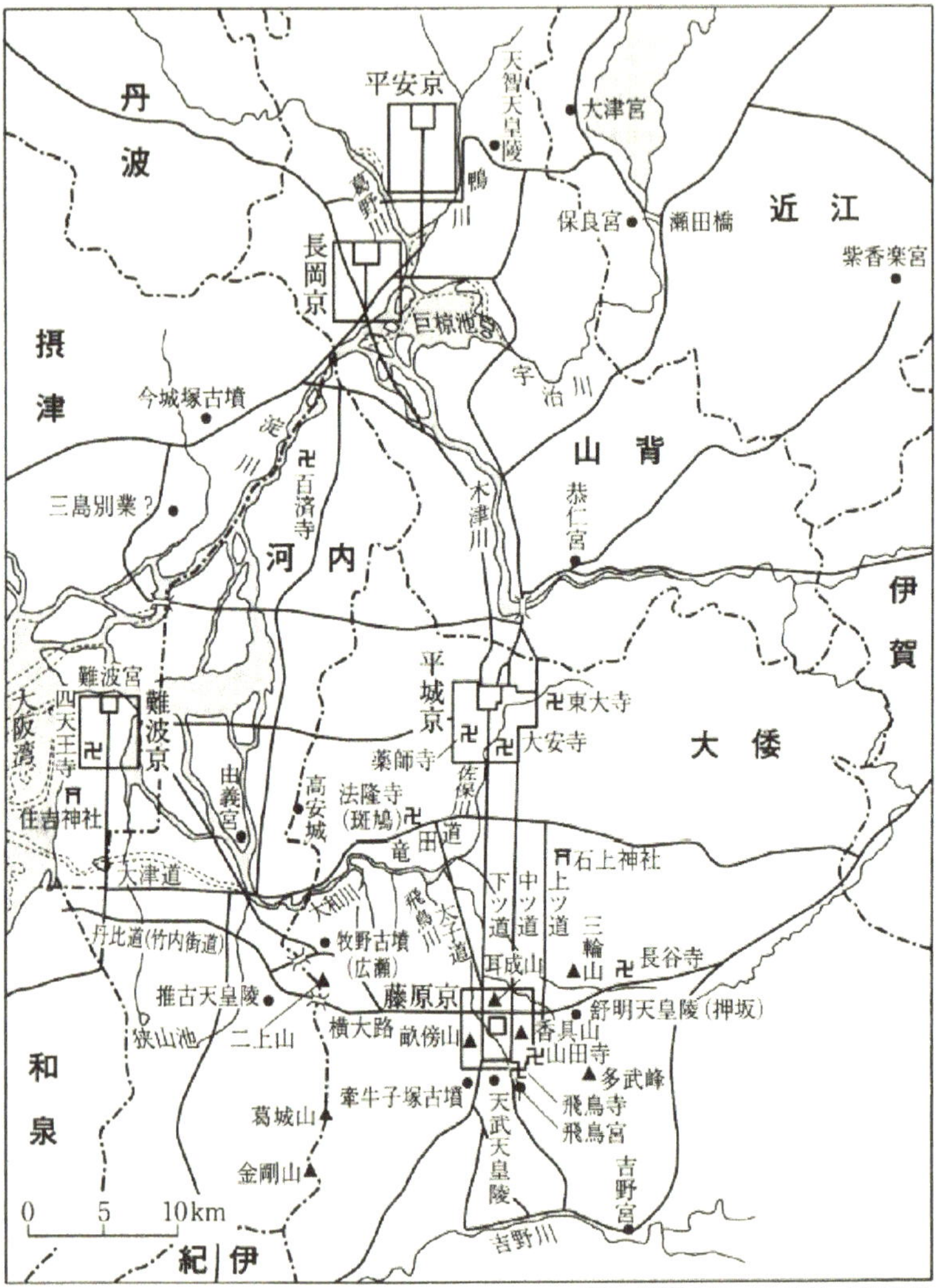


出典：『飛鳥の都』（吉川真司、岩波新書）

畿内周辺要図

# 大伴家持と
# 万葉の歌魂《うただま》

※歌の口語訳およびエピローグで『新編日本古典文学全集　万葉集①〜④』（小島憲之他、小学館）を参考にした。

# 第一部　遠《とお》の朝廷《みかど》の歌

## 一　魂振《たまふ》りの使者、筑紫へ

神亀五年（七二八）晩秋、九州・太宰府の帥《そち》（長官）大伴旅人卿から筑紫国守山上憶良《やまのうえのおくら》の許に迎えの牛車が来た。伝言に「きのう都からわしの異母妹・坂上郎女《さかのうえのいらつめ》が来て、わしら二人に特に願いがあるという、都合をつけて来宅されたし」とあり、憶良は夕食も早々に太宰府政庁奥にある帥《そち》の館まで一里ほどの道を急いだ。既に七十歳近く、脚には持病からくる麻痺もあったが、気持はまだまだ盛んであった。

帥の屋敷に着くと書斎の方に通された。六十三歳の主人・旅人は九州まで連れて来た愛妻・大伴郎女がこの春亡くなるとすっかり気落ちして、最近は帰宅するとすぐ寝部屋で横になることが多かった。しかし今日は書斎の大きな卓の前に背筋を伸ばして座り、脇には女盛りを少し過ぎた異母妹の坂上郎女が笑みをうかべて客を迎えた。部屋の隅には旅人の嫡男家持が「今日は大人の話だから、お前は口を出さずに聞いているだけだよ」と念を押されて、神妙な面持ちで坐っていた。

「夜分、急なお呼び立てで済みません。寒かったでしょう。さあ、早くこちらで火に当たって甘酒でも飲んで下さい。暖まったら早速始めますから…」

着いたばかりなのに坂上郎女はすでに女主人のように言いながら本題に入った。

「十月の初め、私は夫の大伴宿奈麻呂を亡くしてから久しぶりに、元正上皇の御殿にご挨拶に伺いました。一通りの挨拶が済むと、『所でお前はこれからどうする積り』と聞かれ、『二人の子供も大きくなったので、出来ればまたお傍《そば》でお仕えしたい』と申しました。すると上皇は思いがけないことをおっしゃられたのです」

〔元正上皇からの依頼〕

「九州の太宰府にいるお前の兄・大伴卿は、老齢の上に最近妻を亡くして大変心細くしているらしい。お前はしばらく向こうへ行って元気づけ、また歌を詠うよう励ましておくれ。というのは、この六月大伴卿の亡妻を弔う勅使《ちょくし》として式部大輔石上堅男朝臣《いそのかみかつをあそん》を太宰府に派遣した。先日帰京した朝臣《あそん》は太宰府での別れの宴で二人が詠んだ歌を披露してくれた。

石上《いそのかみ》朝臣の歌

ほととぎす来《き》鳴き響《とよ》もす卯の花のともにや来《こ》しと問はましものを　（八／一四七二）
ほととぎすの鳴く音が響いている、卯の花と一緒にやって来たのかと聞きたいものだ

太宰帥大伴卿の和《こた》ふる歌

橘の花散る里のほととぎす片恋しつつ鳴く日しぞ多き　（八／一四七三）
橘の花が散った里で、ほととぎすは独り恋い慕いつつ鳴く日が多いことです

朝臣はその後で、「筑紫には国守の山上憶良をはじめ、観世音寺別当沙弥満誓、太宰少弐小野老など、歌詠み上手が多くいます。そこでまず帥の大伴卿が元気に歌の音頭を取れば周りの人が和《こた》えて詠い、筑紫はきっと歌が盛んな国になります」と言ってくれた。

私は四年前、甥の首皇子《おびとのみこ》（即位して聖武天皇）に皇位を譲ってから、祖母の持統や母の元明から引き継いだ倭歌集を時々取り出して読んでいるし、周りの若い皇女や女官たちの教育にも良く使っている。わが国で昔から歌い継がれた倭歌は祖父の天智、天武の飛鳥の都の頃から盛んになりました。持統・文武の藤原の都の頃には、かの柿本人麻呂によって歌が革新され、多くの歌人がすばらしい歌を作りました。母・元明時代に都が奈良に遷って既に二十年、多くの人の努力で唐の制度に倣って国の仕組みが大きく変わり、すばらし

い仏教寺院が建ち、人々の暮らしも大きく変化しました。私はこの新しい時代に生きる人々の詠った歌を集めて後世の人に残したい。

残念なことに今の官人は唐の制度や風習の導入を急ぐ朝廷の意に沿うように、仏籍や漢文・漢詩にばかり熱心で倭歌の道を志す人は減り、狭い宮廷の一部で儀礼的に詠う歌や男女間の少し気の利いた歌が目に付く程度になってしまった。日本古来の『歌垣』のように男が歌うと女がそれに和《こた》えて、競い合ってこそ歌が盛り上がるのに、男が歌わなくなれば女も相手を失い、やがて倭人《やまとびと》が心のより所として来た倭歌は廃れてしまうだろう。

そこでお前は私の身代わりの『魂振《たまふ》り』として筑紫へ行き、私の想いを大伴卿や憶良に伝えておくれ。二人が歌を詠めば周りの若い人たちも歌を詠むようになり、やがて倭歌はその勢いを取り戻すであろう。

そして筑紫の人たちの作った歌が少しまとまったら私に届けてくれ。必要な紙や筆・墨はこちらから送ってやるし、その他必要なことは私が都から応援するから…。

思えば十年ほど前、私は美濃へ行幸した（七一七年、行幸中に養老へ改元）。さらに東国へも行きたいと言ったが橘諸兄《もろえ》らの意見で断念させられ、代わりに東国の歌を献上させその歌で『国見』をすることにした。いま諸兄らは三河や信濃から先の『東歌《あずまうた》』を集めている。既にある『柿本人麻呂歌集』など都近辺の国の歌に、太宰府を中心とする『西国の歌』が加われば、都に居ても広く全国を『国見』できるでしょう。

〔元正上皇からの依頼　終〕

「私はすぐ『こんな大きな夢を描けるのは上皇様だけです。この役を承けて急いで筑紫へ参ります』と申しました。生れてから飛鳥・奈良の地を一度も離れたことが無かったので、はるか彼方の九州・筑紫の地や未知の人たちに対する不安もありました。しかし上皇の熱い想いが私に乗り移り、家に帰ると『太宰府へ行くので二人の子どもや家のことを頼みます』と母・石川内命婦に頼んで、大急ぎでやってきました。母は故持統天皇の従姉妹で、若い頃朝廷に仕えていたのですぐ分かってくれました」

坂上郎女の早口の話が一区切りつくと、旅人がぽつりぽつりと話し始めた。

「元正天皇の即位されたとき『慈悲深く落ち着いた人柄であり、あでやかで美しい』と評判でしたが、譲位された今もお元気なようで安心しました。私が気ままに作り散らした歌に目をとめられて、結構な励ましのお言葉をいただき真にかたじけない。かくなる上は老い込みがちの心を奮い立たせて歌を詠み、何とかご期待にお応えしたい。

思い出すのは八年前の養老四年（七二〇）二月、上皇は当時天皇でしたが、大隅《おおすみ》国で国守が殺され、南九州全域の隼人《はやと》が一斉に朝廷に対する反乱を起こした。直ちに私は征隼人《はやと》持節大将軍に任じられ、三月には戦《いくさ》の神を祀る石上《いそのかみ》神社（現天理市）の社殿にて天皇より節刀を授けられ、二人の副将軍・紀御室《みむろ》、巨勢真人《こせのまひと》とその配下の戦士約千人と共に九州に向けて出発した。そのときの天皇の励ましの歌は今も心に沁みています。

**ますらをの行くとふ道ぞ凡《おほ》ろかに思ひて行くな丈夫《ますらを》の伴《とも》**　（六／九七四）

**立派な武人が立ち向かう道である。心から覚悟を決めて臨め、勇士たちよ」**

旅人が少し言いよどんでいると、坂上郎女が代って

「私はその頃元正帝のお側に仕えていたので良く覚えています。帝は曾祖母・斉明天皇が百済救済のため自ら兵を率いて九州・筑紫へ渡り、朝鮮へ進攻する直前に亡くなったことに深く感動され、自分も九州へ行き隼人を征討すると言い張りました。しかし右大臣の不比等公に『今は帝が長期間都を空けていられる時代ではない』と諭され、帝の身代わりに節刀を授けた将軍を派遣することになった。こうした事情から、征隼人将軍・旅人の九州での戦さに特別の関心を持っておられました」

そこで旅人は元気を取り戻して話を続けた。

「九州では太宰府指揮下の防人《さきもり》を始め、北部九州の国から集めた現地軍約二万を二手に

分け、紀副将軍には東から南下させ、巨勢副将軍には西から南下させた。北部九州に残る大伴支族の協力も得て南九州全体に広がった隼人の拠点を攻めることができた。激しい戦さが続いた頃、思いがけず元正帝より『将軍は原野に曝《さら》されて、既に猛夏の候になった…』に始まる激励の詔《みことのり》を頂き更に奮起した。ようやく戦に先が見えた八月中旬『不比等公が薨去《こうきょ》された、即刻帰還されたし』との命を拝し、後事を二人の副将軍に托して急ぎ帰京した。

私の帰京を待って、右大臣藤原不比等公の後任に長屋王を選出する議が行なわれた。長屋王には父・高市《たけち》親王が壬申の乱で祖父・天武天皇を助けて戦った雄姿が一同に強く記憶されており、対する不比等公の四人のご子息は皆まだ若かったので、すんなりと後継に決まった。引き続いて不比等公の葬儀を私は新任の長屋王と共に主宰した。その慌しい最中に『陸奥《みちのく》の按察使《あぜち》（巡回視察官）上毛野《かみつけの》広人が現地で殺された』と急報が入り、帰ったばかりの遣唐大使多治比《たじひ》県主《あがたぬし》を持節征東将軍に任命し、直ちに陸奥に派遣した。

こうして元正帝は即位以来頼りにしていた不比等公薨去後の混乱を、新任の右大臣・長屋王と共に乗り切り、その後の政治に自信をつけられたようです。天武・持統系を守るため幼い首皇子の成長を待つ間、故文武帝の母の身で即位した元明帝とその娘で文武帝の姉として続いて即位した元正帝には、正当性を巡って周囲の無言の圧力があったようです。一方九州の隼人との戦さは、私が不在中も紀・巨勢二人の副将軍らの働きで、翌年夏無事平定された」

そこでようやく自分の出番が来たと見て、山上憶良が話し始めた。

「師のお話を伺い、これまでの色々な経験や苦労が今のお人柄や歌となっていることが分かりました。では私もこれまで歩んできた道を簡単に紹介しましょう。

　私の父は斉明天皇の頃（六六〇年）滅亡する百済《くだら》を逃れて海を渡り、当時は『ヤマト』と言われていた日本へ来て、山背国《やましろ》（京都南部）に定着した渡来人でした。父は百済の朝廷で中国に関わる仕事をしていたので、私も幼い頃から漢字・漢文に親しんで育ちました。私の噂が朝廷で働く粟田真人《まひと》様の耳に入り、その下で仕事をすることになりました。持統天皇の頃（六九〇年）、粟田様は不比等公より律令作成を命じられ、多くの渡来人を使って唐の律令を参考にして作業を進めていました。これが『大宝律令』として公布された大宝元年（七〇一）、私は無位の身ながら遣唐使の一員に選ばれました。日本が朝鮮の白《はく》村江《すきのえ》で唐に敗れてから四十年ぶりの遣唐使派遣でした。目的は遣隋使時代に引き続き中国の仏教と仏教文化を取り入れる他に、日本は唐の臣下では無く、律令制度に基づいた一流の国として認めて貰うことでした。

当時中国は初の女性皇帝・武后の代で、太平洋の彼方から大挙現れた遣唐使船を見て徐福の子孫が戻って来たと大騒ぎでした。『史記』に『秦の始皇帝は長寿の霊薬を求めて東方の神山へ徐福を派遣した』とあるからです。遣唐執節使の粟田真人卿は中国語を流暢に話す最高の知識人と評価され、従来の侮蔑的な『倭《やまと》』の国号を『日本』へ変えるのも許されました」

「難しい役目を達成できて本当に良かったですね、所で遣唐使船の航海は如何でしたか」

「風波の激しい日には死ぬ思いでしたが、静かな日にはみんな甲板に座って粟田真人卿の話す今後の航海について耳をすませて聞きました」

**〔遣唐使船上での粟田卿の話〕**

我国が遣隋使船時代に採用した『北路』は小船でも渡れる安全な航路で、筑紫の那の津から対馬へ行き、そこから海峡を渡って朝鮮へ、更に朝鮮半島の港を逐次右回りに北上し、江華島《こうかとう》の先から渤海湾《ぼっかいわん》を横切って中国山東半島の登州《とうしゅう》の港へ渡るルートです。しかし今回の遣唐使では九州西端の五島列島から東シナ海を横断し、直接中国大陸へ渡る『南路』を採用した。遣唐使の使命が拡大して大型船四隻の大船団になり、途中の朝鮮・新羅の対日

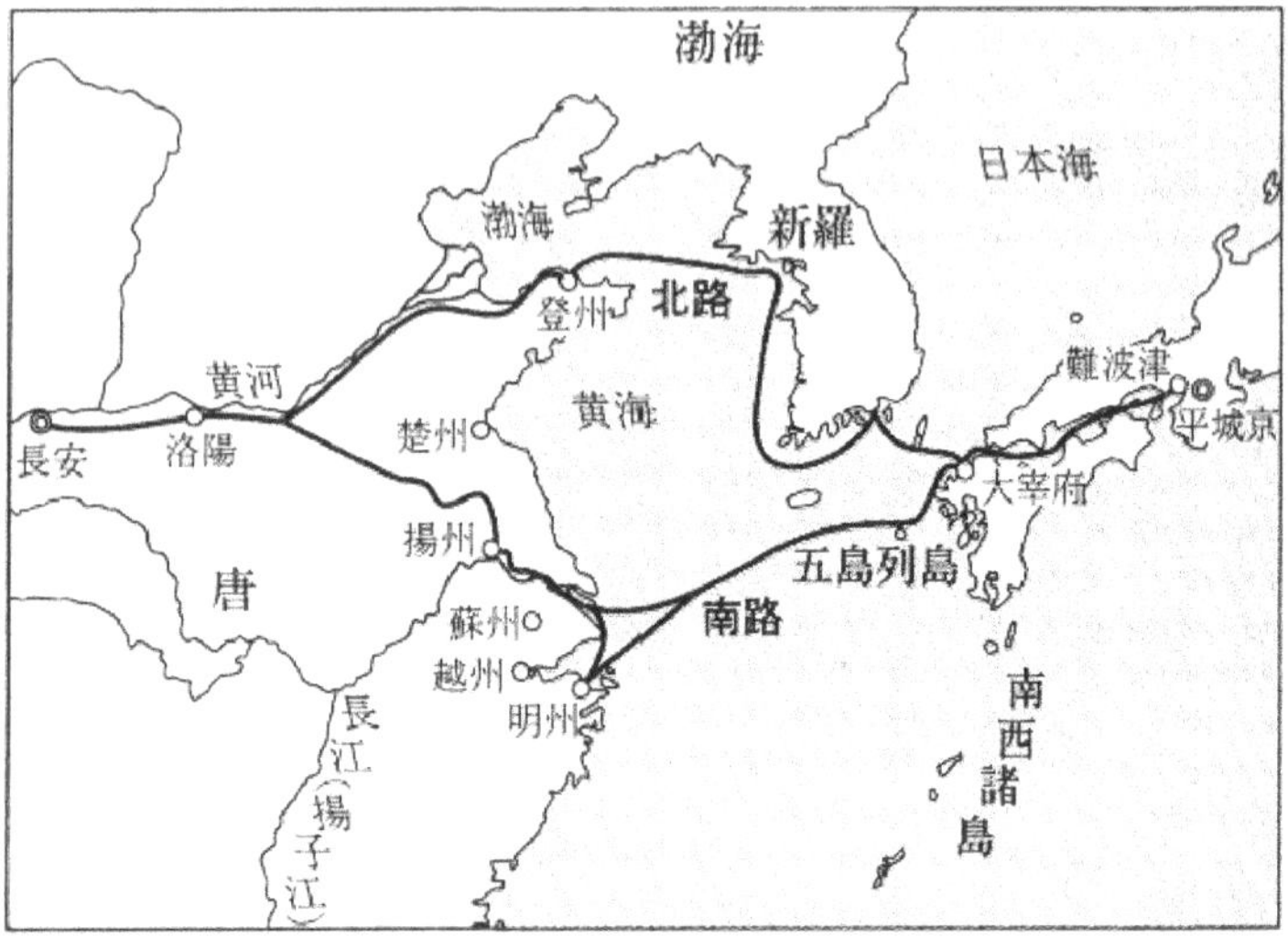


出典：『遣唐使』（東野治之、岩波新書）

遣唐使の通った道

感情から日本の都合通りの日程が組めないし、航海の安全も懸念されたからです。

往路は筑紫・那の津を出ると四隻の船は西に進み、五島列島・値賀《ちか》の港で風を待って一斉に中国に向け出航する。各船が風に任せて航行すれば大きな中国大陸のどこかの港に着く、各々着いた港から南へ或いは北へ航行して、唐の役所がある浙江《せっこう》省寧波《ニンポー》の港に集結する。その地で選ばれた使節・数十人が大運河を北上して黄河へ、更に黄河を遡上して洛陽・長安の都へ行きます。帰路はその逆ですが、大海の中の粟粒のような日本が的なので往路に比べて遥かに難しい。大型船四隻の大船団では状況に応じた行動が取れないので、一斉に出航した後、各々の船は運を天に任せて航行する。幸いどこかの島に辿り着けば、例え琉球列島の孤島でも、この船の海夫たちはそこから那の津へ戻る航海はできる。使節は夏から秋にかけて日本を発って中国皇帝の元旦朝賀の宴に出席するので贈り物も多いし、その季節東シナ海は荒れるし風待ちの余裕も限られる。また帰国時も日本側の日程に合わせては出航できない。これらの制約を考えて船の構造や作る場所、日程の案を立て実行方法を決めたのです」

〔粟田卿の話　終〕

旅人が肯くのを見て憶良は更に話を続けた。

「私は唐の都に居る間、唐の人たちと漢語で話し自作の漢詩を見せました。しかし彼らは私の詩を笑うのです、漢詩の決まりから外れていると。私は若い頃から漢詩を作り日本人の中では上手いと自負していました。しかし唐の長安や洛陽で使われる北方系中国語『漢音』は中国・南朝から百済経由で日本に来た『呉音』とは違うし、漢詩の規則の平仄《ひょうそく》や押韻《おういん》なども複雑にまた高度になっていました。私は既に四十歳を過ぎ、今から唐の『漢音』を学び直すのは大変です。また言葉は絶えず変化するので、この国の人のマネをして漢詩を作ってもすぐ時代遅れになり、所詮その地で作る人にかなわない。日本に住む以上日本の詩・倭歌を作っていこうと思いました。そこで私は次の倭歌を詠ったのです。

**いざこども早く日本《やまと》へ大伴《おほとも》の御津《みつ》の浜松待ち恋ひぬらむ** （一／六三）

**さあみんな、早く日本へ帰ろう。難波の港の浜松もきっと待ち焦がれているだろう**

そばに居た遣唐使仲間は、望郷の思いに涙を流して喜んでくれました。

私の乗った第二船は帰国途中難破して琉球の小さな島に漂着し、そこから島伝いに薩摩へ、更に那の津を経て都に帰りついたのは慶雲四年（七〇七）でした。

既に第一船で帰国した粟田真人卿の下で、唐で見た律令の施行状況を参考に先年作成した大宝律令の見直しが進められており、私も遅れてそれに加わりました。やがて律令改定への貢献が認められて和銅七年（七一四）従五位下に列せられ、伯耆守を経て養老五年（七二一）五十五歳で東宮・首皇子《おびと》（後の聖武天皇）の侍講《じこう》（教育係）に任じられました」

「当時首皇子には、十五人も侍講が居られたようですね」

「私の担当は『詩歌』、漢詩を教えること。まず基礎的な漢字・漢文、続いて遣唐使時代に持ち帰った最新の唐詩を教育に使いました。日本人が漢詩を学び作ることに疑問を感じていたので、古い中国の詩歌を集めた『詩経』と日本の倭歌を比較しました。藤原京時代までの倭歌は宮廷書庫に二百首ほど在り、その他個人が持つ歌を人に尋ねて写し取りました。新しい歌には詞書や作者名を追加し、保管されていた歌の記載に問題があれば調べて訂正しました。また集めた倭歌を相聞、挽歌など年代順に、また鳥獣植物など類別に整理した冊子を作り『類聚《るいじゅう》歌林《かりん》』と名付けました。これを使って首皇子と共に先人の歌を鑑賞し、宮中行事などで歌を詠む参考にしたので、私達の倭歌の理解は深まり作る歌も上達しました。首皇子は、生母・宮子（藤原不比等の娘）が出産後の異常で幽閉され、また幼時に父・文武帝も夭折されたからでしょうか、神経質で極端に病や死を恐れ、自らを罪深い存在と考える傾向がありました。

　神亀元年（七二四）元正帝が譲位し首皇子《おびとのみこ》が聖武天皇として即位される前に、私は伯耆守となり二年前筑紫へやってきました。昨年大伴卿がこちらへ来られてからは、共に歌を詠うのを楽しんでいます。貴女が元正上皇へ拙歌を届けて下さるとは有り難い限りです」

「この辺でひとまず終わりましょう。今後お二人は自ら歌を詠む他に、官の行事や宴会など周りの人たちと一緒に歌を詠う機会を作って下さい。詠んだ歌に題、日付、状況などの詞書と名前、職位を紙に書いて届けて下さい。私がまとめて都の上皇へお送りします」

家持は日ごろ近寄りがたい老人二人を相手に、どんどん話を進めて行く郎女に感心しながら、眠くなるのも忘れて聞いていた。

## 二　遠《とほ》の朝廷《みかど》にて

次の日から郎女は太宰帥・旅人の執務する太宰府政庁と私邸で、冊子に挟んだり机上の小箱に入れたりしたまま、放置されている歌を集める作業を始めた。また筑前国司館と私邸を訪ね、山上憶良の詠んだ個人の歌冊子を借りてきた。その行き帰りに奈良の都に似た太宰府の街を、時には家持に案内させて歩いた。平城京では上流階級の女が独りで出歩くとはしたないと非難されたが、ここでは気にする者は居ない。都風の郎女の身なりを物陰から羨ましそうに見る娘は居ても…。

太宰府の街は天智帝の頃、唐・新羅の連合軍と白村江で戦って壊滅的な敗戦（六六三年）を喫してから、玄界灘を越えて侵攻して来る敵の大軍に備えて作った要塞都市である。従来那の津近くにあった外交団用の鴻臚館《こうろ》と西国統治の拠点・那津官家《なのつのみやけ》を、山に囲まれた三里ほど奥地に移動させ、それらを囲んで政庁の建物群が整備され、政庁の左手には観世音寺の五重塔が巨大な姿を見せ始めていた。政庁を出て朱雀門の前に立つと、大路が真直ぐ南に通り左右にも数本の路が走り、幾つかの建物が点在する土地が広がっていた。郎女には幼い頃見た建設途上の奈良の都に似ていたが、違うのは太宰府の街を囲んで大野城のあ

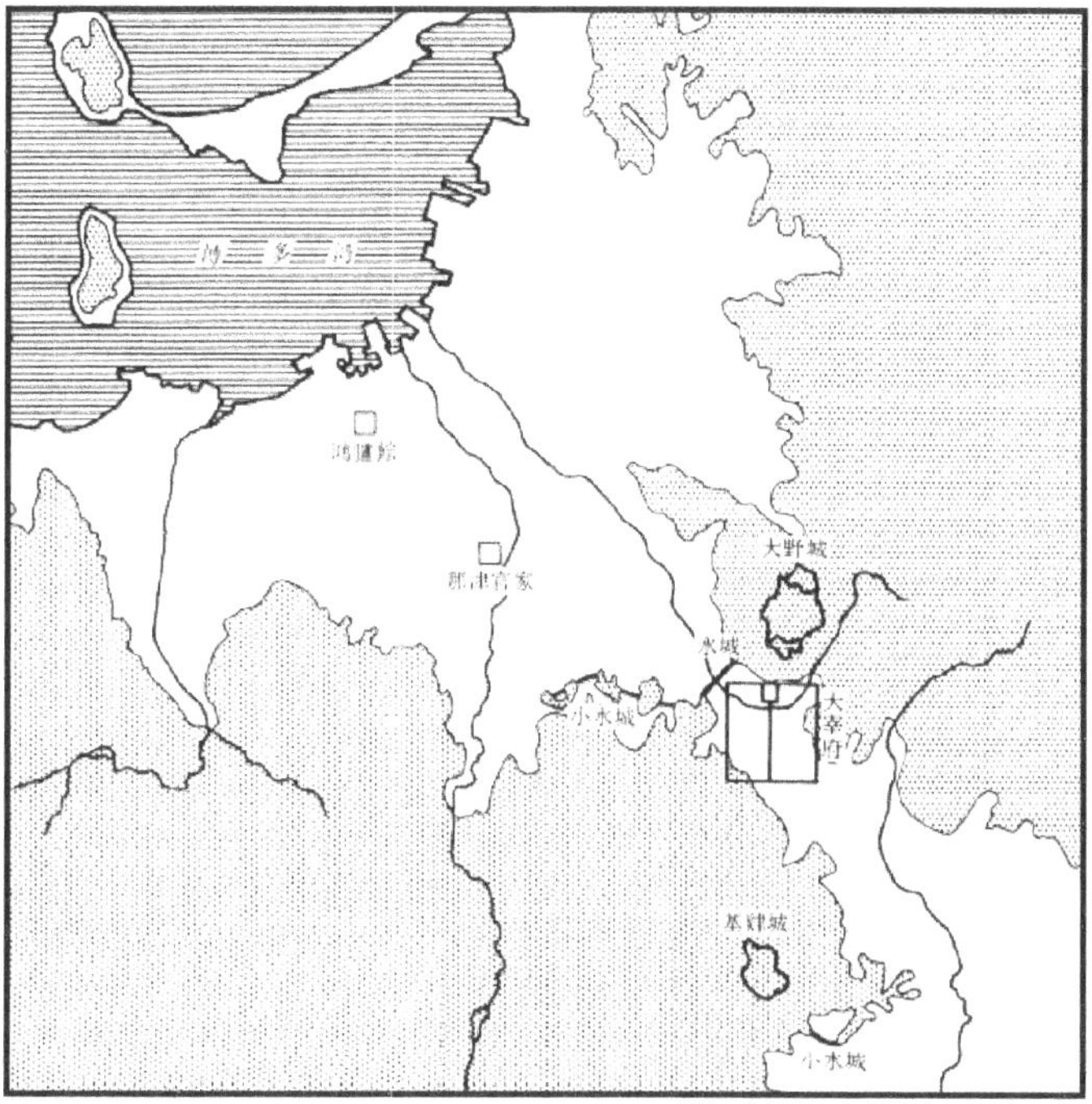


出典：『大宰府と多賀城』（岩波書店）

**大宰府　水城**

る東の四王寺山と西の背振山から伸びて政庁の西北の基《き》肄《い》城につながる丘陵に挟まれた低地に、長さ半里ほど高さ四十尺の土塁と大堀から成る堅固な水《みず》城《き》を築いて玄界灘から上陸して攻め上る敵軍へ備えていることであった。

冬には珍しい陽気に坂上郎女は家持を連れて、政庁南側の隣に建設途上の観世音寺に旅人の親しい歌仲間の沙《しゃ》弥《み》満《まん》誓《せい》を訪ねた。満誓は造筑紫観世音寺別当の肩書きに似ず気楽な調子で、歩きながら大きな骨格を現し始めた寺院や工事中の五重塔、完成後に鎮座する予定の仏像の説明をした（注：七二三〜四六年完成）。三人は広い境内をざっと回り終えると工事小屋に戻り、熱い湯を飲んで一息ついた。「私は若い頃、笠麻呂という地方周りの官人でした。養老元年、元正天皇が美濃国に行幸された時、美濃・尾張守の私は介の藤原麻呂と共に、開通直後の飛騨道路をご案内して喜ばれ、お陰で私たちは一階級の昇叙を受けました。十年前元明大上天皇重病と聞き私は願い出て出家し、ここ太宰府に下向しました。都には縁者で宮廷歌人の笠金村も居りますが、私はもう戻ることは無いでしょう。戻りましたらよろしくお伝え下さい」

こうして一か月ほど過ぎた頃、郎女は旅人と山上憶良に来てもらって、二人の許で集めた歌の説明を聞くことにした。

「まず旅人・兄さんの所で見付けた歌について、詠った時の順に少し説明して下さい」

旅人は木簡に書いた歌を一つずつ取り上げながら、

「最初のこれは今年三月、小野老が京から太宰少弐として着任した歓迎の宴で詠ったもので、まず主賓の小野老が今の奈良が華やかに賑わっている様を、

あをによし寧楽《なら》の京師《みやこ》は咲く花のにほふがごとく今さかりなり　（三／三二八）
…既出　現代語訳は省略

続いて歓迎側の防人司佑《さきもりのつかさすけ》大伴四綱《よつな》の歌は、京を恋しく思う官人の心情を

やすみししわが大君の敷きませる国の中には京師《みやこ》し思《おも》ほゆ　（三／三二九）
あまねく全土を治められるわが大君の国々の中で、都が一番恋しく思われます

次の私もまた都を偲んで詠んだ歌で、

わが盛《さかり》また変若《をち》めやもほとほとに寧楽《なら》の京《みやこ》を見ずかなりなむ　（三／三三一）
私の命の盛りはもう蘇《よみが》えるまい、結局奈良の都をもう一度見ずに終るであろう

都を偲ぶ歌が続き少し座が沈んだと見て、筑紫に長い観世音寺別当沙弥満誓が

しらぬひ筑紫《つくし》の綿は身につけていまだは着《き》ねど暖かに見ゆ　（三／三三六）
筑紫の綿は（女も）、まだ身につけて着たことはないが、暖かそうに見える

するとこの辺で中座したいと思った山上憶良が詠った、

憶良らは今は罷《まか》らむ子泣くらむそれ彼《そ》の母も吾《わ》を待つらむぞ　（三／三三七）
憶良めはこれで失礼します、きっと子供が泣いているしその母も私を待っているでしょう

憶良の歌に合わせて子持ちの官人や下戸たちが帰って行った。残った私が

**験《しるし》なき物を思《も》はずは一杯《ひとつき》の濁れる酒をのむべくあるらし**　（三／三三八）

**考えても仕方のない物思いをするよりは、一杯の濁り酒を飲む方が良いようだ**

独り詠み終えて周りを見ると、寝ている筈の沙弥満誓の歌が聞こえてきた。

**世間《よのなか》を何に譬《たと》へむ朝びらきこぎ去《い》にし船の跡なきごとし**　（三／三五一）

**この世の中を何にたとえよう、早朝漕ぎ出す船の引く跡が僅かの間に消えてゆくとでも**」

「題辞《だいじ》を追加したらこの歌群の情景が生き生きして来ましたね。次は大伴郎女の挽歌関係だけど、二人のどちらがどの歌を詠んだのかしら」

憶良は薄い頭髪を掻きながら、

「四月初め大伴郎女が亡くなると、大伴卿は悲しみの余り役所に出て来ないで家に籠りきりになりました。五月中頃、都から弔問使石川朝臣が来られる報があり、私は予め様子を見に館を訪ねました。卿はまだ伏していて、床の周りには食事椀や薬の飲み残しに混じって歌の断片が散らばっていました。私は次の歌が卿の心情を良く表わしていると思い最初に挙げました。

**世の中は空《むな》しきものと知る時しいよよますます悲しかりけり**　（五／七九三）

現世を空しいものと悟った今だからこそ、いよいよ誠につらく悲しみがこみ上げてくる

残りの歌の断片を拾い、欠けた部分を聞き出して、

妹が見しあふちの花は散りぬべしわが泣く涙いまだ干なくに　（五／七九八）

妻の見たセンダンの花が散ってしまいそうだ、私の悲しみの涙がまだ乾いてないのに

など反歌五首（七九五～九九）を完成させました。さらに帥の心を斟酌して私が詠んだ長歌を加え、さらに『日本挽歌』という題と漢文の序を追加して全体を完成させました」

「なるほど、次の『酒を讃むる歌』については？」

「小野老歓迎の宴の時、私は前出の一首（三／三三八）を詠みました。その後妻の病状が次第に悪化し、私も寝床に入って酒を飲み続け、さらに妻が亡くなると絶望のあまり独り過去と向き合う日が続きました。しかし、ある日開き直って酒を友として暮らす人生と思い始めると、一つまた一つと歌が湧いてきました。最終的には憶良さんが私の気持ちを確かめながら、言葉を選び歌の順序を見直して十三首、全体として意味ある形に構成してくれました。

言はむすべ為《せ》むすべ知らず極《きは》まりて貴き物は酒にしあるらし　（三／三四二）

何と言おうがどうしようもないくらい、その極まり、本当に貴いのはお酒ですよ

もだをりて賢《さか》しらするは酒飲みて酔泣《えひなき》するになほ若《し》かずけり　（三／三五〇）

ただ沈黙して賢ぶっているより、酒を飲んで酔い泣きする方がましです」

「十三首もこんな面白い歌を作れるなんて、兄さんの酒好きも相当なものね…」

「兄さんの歌はこの辺にして、次は憶良さんの『貧窮問答の歌』に移りましょう。

長歌（五／八九二）　現代訳のみ

（貧者甲）風交じりの雨が降る夜の雨交じりの雪降る夜はどうしようもなく寒いので、岩塩を少しずつかじり粕湯酒《かすゆざけ》を啜《すす》りながら咳《せき》し鼻すすり疎《まば》らな髭《ひげ》をなでつつ、我をおいて人物は居ないと誇っているが、寒いので麻布団を引きかぶり布の肩衣をありったけ着込んでも寒い夜を、私よりも貧しい人の父母は飢えて凍えているだろう妻子は物を欲しがって泣いているだろう、こういう時はどうやって世渡りしているのだ、（貧者乙）天地は広いと言われるが私には狭くなったのか日月は明るいと言うが私には照ってくれないのか、人は皆こうなのか私だけこうなのか人として生をうけ人並みに耕しているのに、布肩衣《ぬのかたきぬ》の海藻のように裂けて下がるボロばかりを肩にかけ、粗末な庵りの傾いた小屋の内に土間にわら束を解き敷き、父母は枕の方に妻子は足の方に囲うようにして憂いのため息をつく、竈《かまど》には火の気なく甑《こしき》にはくもの巣がかかり飯を炊くことも忘れてぬえ鳥のような呻《うめ》き声を立てている、それなのに鞭を持った里長《さとおさ》の声が寝所まで来ては呼び立てる、ほんとうにどうしょうも無いのか世の中は

反歌

世間《よのなか》を憂《う》しとやさしと思へども飛び立ちかねつ鳥にしあらねば　（五／八九三）

この世の中生きていくのがつらくはずかしい、だが鳥ではないから飛んで逃げられない」

「長歌で貪者を甲、乙二人で描写したのは効果的ですね。筑紫に来てから詠んだ歌ですか」

「筑紫に来る前、伯耆守として国内を巡視したとき、百姓たちの実態に衝撃を受けて詠み始めました。私は半生を律令の作成と改定に捧げ、律令が施行されれば人々の暮らしは良くなると信じていました。所が現地では思っていた姿とかけ離れた現実があり、どうやっても庶民の暮らしは良くならない。歌を詠み始めたけれど国守としての無力さと責任を感じて、気が滅入り孤独に耐えきれず最後まで作れませんでした。昨年大伴卿が筑紫に来られてから再度手に取り、語り合いながらなんとか完成させました。

五月初めに帥を見舞って『日本挽歌』や『酒を讃むる歌』を完成させてから、私にも次々に歌が湧いて来るのです。

『子等を思《しの》ふ歌一首並に序』

瓜食《うりは》めば子等《こども》おもほゆ栗食《くりは》めばましてしのはゆいづくより来《き》たりしものぞまなかひにもとな懸《かか》りて安眠《やすい》し寝《な》さぬ　（五／八〇二）

瓜を食べれば子供を思い出し、栗を食べればますます偲ばれる、どこから来たのかまるで目の前に本当にいるようで、どうしょうも無く寝付くことが出来ない

銀《しろがね》も金《くがね》も玉も何せむにまされる宝子にしかめやも　（五／八〇三）

銀や金や宝石など何になるであろうか、そんなものより優る宝はわが子ですよ」

「憶良さんはもうお年なのに、よくそんな親子の真情溢れた歌が作れますね」

「妻も幼かった子供も私が遣唐使として日本を留守にしている間に亡くなりました。帰って二人が亡くなった事を知りしばらく泣き続けました。以来、別れた時の妻と子供の姿を想い、語りかけるように詠っているのです」

「お気の毒に。立ち入ったことをお聞きして、失礼しました」

年が明けて七二九年、瑞兆《ずいちょう》が現れたとして年号が『神亀』から『天平』に改元された。その二月、改元で何か明るい希望を抱いた人々の心を打ち砕いたのは『長屋王が謀反の疑いで糾問され、自殺した』という報せである。続いて事変の第二報が太宰府に到達した。

「二月十日左大臣正二位長屋王、私《ひそか》に左道《さどう》を学びて国家を傾けむと欲（国家転覆を図って呪詛している）の密告があり、藤原宇合《うまかい》率いる兵が長屋王邸を取り囲み、舎人《とねり》親王らが王の罪状を糾問した。長屋王は自害し家族は後を追った」

この報せを受けて太宰帥・旅人は朝廷からの次の指令を待った。三日経ち七日経っても何の指令もなく、都から来るのは噂話の類だけだった。長屋王は太政官最高の左大臣、その人が自害し家族も追ったのは大変な事態で、きっとその後に何か大きな争いが起こる筈と考えてなお待ち続けた。『日本書紀』には白村江の敗戦から十年後、天智帝の死後皇位継承を争った『壬申の乱』（六七二年）では、天智帝の後を継いだ大友皇子は吉野から起《た》った叔父の大海人皇子を討つため、太宰府に援軍を求めた。『従わなければ殺せ』との密命を背景に迫る勅使に対して、太宰府を守る栗隈《くりくま》王はひるむ事なく『朝鮮半島を巡る情勢が厳しいいま、最前線にある太宰府は国外への備えを優先する』と反論し、脇に控えた息子美努《みぬ》王と共に都への兵の派遣を拒否したとある。いま太宰府には官員約六百人、対馬・壱岐をはじめ西日本周辺海岸や山城に東国からの防人約三千人、これらの兵を動かす事態となるのだろうか。

何事もなく半年過ぎ、この変への世間の関心が冷めるのを見計らったように、藤原氏出の聖武天皇妃・光明子は皇族以外で初めて皇后になった。さらに藤原武智麻呂以下の藤原四兄弟（故不比等の息子）が異例の昇叙を受けて以後の政界を主導する。そして都も太宰府も表面は平穏に戻った。古来天皇を守る武門大伴一族の家長・旅人にとって、天皇の血筋に入って政治権力を握ろうとする気持ちは理解できない。ただ律令体制の下で不比等公の四人の息子は経験を重ね結束して力を発揮してきたが、比較すると天武天皇の皇子らには気位高いが実経験に乏しく物足りなさを感じていた。その上周りの思惑に左右され互いに反目するので、皇親政治を守ろうとする長屋王の努力も空回り気味で、僻遠の太宰府から見ても王は最近孤立気味だった。

旅人の脚の病（かっけ）はまた悪化し、興味本位に「藤原一族の邪魔になる長屋王とその係累を消す上で、邪魔になりそうな大伴卿は予め太宰府へ送られた」という噂も広がって、気は晴れなかった。庁の仕事も減らし、歌もまったく詠わなくなった。

そんな様子を見て、坂上郎女は旅人を脇から支援するだけでは元正上皇の依頼に応えられない、自分から二人や周りの人たちを奮い立たせる仕掛けを作ろうと考えた。毎年帥の館で新年の賀の宴があると聞き、出席する帥や国守その他の官人たちに一つの題で歌を詠んでもらう事を考えた。女官の経験から宴の手順や準備は良く知っていたので、さっそく帥の部屋に行って計画を説明した。旅人は思ったより乗り気で、その上「題は正月に相応《ふさわ》しい『梅の花』はどうか。出席者の選定や場所などは政庁の役人・大監《だいかん》（実務レベルの長）の大伴百代《ももよ》と相談したら良い。あの男は最近歌作りに興味を持っているようだ」と言ってくれた。

翌日、坂上郎女は政庁に大監の大伴百代《ももよ》を訪ねた。大伴の支族で少し年下、官人としては有能そうな男であった。郎女が執務机の脇に腰掛けると、遠慮勝ちに話し始めた。

「帥から貴女のご希望を伺いました。しかし二つ問題があります。まず私はそんな宴で歌を詠った経験がないので、他の官人たちを説得する自信がありません。もう一つ、次の期から防人の担当が東国から西国・九州に切り替わるという話で九州中が騒がしく、国司連中は来年の朝賀の宴に出たがらないでしょう。防人には勇猛な東国人が適任と言われますが、実は六十余年前の朝鮮・白村江の戦で徴発された兵が大量に死亡または捕虜となり、九州の人口が大幅に減って防人を出す余裕が無かったからです。しかし先年大伴卿が検税使として東国を視察すると、防人を送り出す東国の荒廃は予想以上、一方九州の人口が回復して来たので切り替える建言をされたとの噂があり、最近大伴卿は九州の人に嫌われています。東国から九州に連行して防人にするのは手間もかかり、行き帰りの死亡や逃亡の損失も大きい。従って日本全体を考えれば切り替えた方が良いのでしょうが、代わりに防人をやらされる九州の国司には一大事で、必死に抵抗するのです」。郎女の考えている以上に、政治の世界は難しいのだ。

「では無理しないで国守や介より下の若い人でも、各国是非一人は出席するよう説得してください。そして私があなたに歌の作り方を教えます。歌作りに慣れたら、他の官人たちが歌の宴に出席するよう誘って下さい」。説得されて百代は何度か郎女の歌の指導を受けた、次の大伴百代の歌が残されている。

**ぬばたまのその夜の梅をた忘れて折らず来にけり思ひしものを**　（三／三九二）

**あの夜見た梅をうっかり手折らずに来てしまった、私はあの花が良いと思い定めていたのに**

七月に入っても旅人は館で塞《ふさ》ぎ込んでいたので、郎女は憶良に七夕の宴を口実に帥を訪ねてくれるよう頼み、その日は郎女も家持も外出して二人だけ気楽に過ごせるようにした。憶良は着くと持参した秋の花を花瓶に挿し、侍女らに酒の用意をさせた。暗くなると部屋の灯かりを消して二人で天を見上げた。四囲を山に囲まれた太宰府の空は月もなく、暗い中天に天の川が山の端までのびていた。昨年旅人が独り亡き妻と奈良の人を詠んだ七夕の歌を踏まえて、まず憶良が天を仰いで詠った。

**風雲《かぜくも》は二つの岸に通へどもわが遠妻《とほつま》の言《こと》ぞ通はぬ**　（八／一五二一）

**風と雲は天の川の両岸を行き来するけれども、遠くにいる妻の便りは私の許に伝わらない**

旅人は少し興味を引かれたようだが、まだ自ら歌を詠もうとはしなかった。そこで憶良は五年前の神亀元年（七二四）七夕の夜、左大臣・長屋王邸の宴会で作った歌を思い出して詠った、

**ひさかたの天漢瀬《あまのがはせ》に船浮《う》けて今夜《こよひ》か君が我許《わがり》来まさむ**　（八／一五一九）

**天の川の浅瀬に小舟を浮かべて、今夜はあなた　私のもとに来て下さるのですね**

あの夜の贅を尽くした七夕の節会には多くの賓客が招かれて、山海の珍味を食し美酒に酔い、次々に漢詩や和歌を読み上げ、夜を徹した騒ぎが続いた。あの頃は聖武天皇が即位し、長屋王が左大臣に進んで新しい気風が朝堂に漲っていた。さりげなく「あの日大伴卿は漢詩を詠まれたのでしたね」と誘いをかけたが、その辺の話題に触れたくないのか無言のままであった。

先日の旅人への働きかけが全く無駄ではなかったようだ。耐え難く暑かった九州の夏も盛りを過ぎたころ、旅人の手許に日本琴一面が届いた。対馬の結石山に生える梧桐《あおぎり》で作った琴の音色は日本一という評判を聞いて以前頼んでいたのである。早速抱えて爪弾くとさすがにすばらしい音色で、旅人の気持ちも晴れてきたのか、低い声で独り問答を口ずさんだ。

この琴が夢に娘子《おとめ》に化《な》りて曰く

**いかにあらむ日の時にかも声知らむ人の膝の上《へ》わが枕かむ**　（五／八一〇）

**いつの日にまたどのように、この音色を理解して下さる良き人の膝を枕にするのでしょうか**

僕、詩詠《うた》に報《こた》へて曰く

**言問《ことと》はぬ樹にはありともうるわしき君が手慣《てなれ》の琴にしあるべし**　（五／八一一）

**言葉を口にしない木で作っても、きっとお前は高貴な方が愛用される琴ですよ**

旅人は半月ほど興に任せて弾いていたが「もうこの琴を本来の持ち主の許に送ろう。いま誰が日本一の琴の名手か尋ねれば、皆が故不比等公の次男藤原房前公と言うだろう」と呟きつつ『大伴淡等《おおともたびと》謹みて、梧桐日本琴一面、中衛高明閣下《かふか》に通はす』と書いて、琴を都へ送った。

十月の初め旅人は思い立って憶良を自宅に招き、坂上郎女や家持も入れて気楽に歌の話を始めた。憶良は喜んで
「卿の『梧桐日本琴の歌』を拝見して、唐で少し前に流行した『遊仙窟』を思い出しました。中国では仙女との交情の物語は俗書であり一流の人士は話題にしませんが、日本では歌の表現や構想を豊かにする種として多くの人が珍重しています。中国の詩と日本の詩歌を比較してどちらが良いという問題では無く、長い歴史と風土による差でしょう。中国の詩人の多くは科挙を目指すか科挙に合格した官人で、国を憂い国の有るべき姿を示し理によって読む者を説得するのが詩と考えています。私は幼少から漢詩を人生の範としてきたので、和歌を作っても捉え方や表現の仕方は自然と漢詩的・儒教的になっています。対して大伴卿の歌は感情に訴える日本人の心を穏やかに表現しているようです」
「お二人の好みは異なっても、それぞれ独自な倭歌の世界を作っています。女は若いときこそ男女の贈答歌や相聞歌にきらめきを見せますが、二十歳を過ぎても歌を詠み続けるのはごく一部の皇女か町の遊び女《め》で、これでは女の歌の世界は広がりません。私もお二人の歌い続ける姿を見倣って、少しでも長く歌を詠んで行きたいものです」

十一月中旬、太宰大監大伴百代が都での公務を終え、同時に郎女が彼に持たせた『遠の朝廷の歌』を元正上皇が喜んで受け取られ、間近に迫った『梅花の宴』用として大量の紙、筆、墨を賜って帰還した。また大伴卿の歌『梧桐日本の琴』に対して、藤原房前卿より風雅を以って応える丁重な礼状と歌を預かってきた。

**言問《こと と》はぬ木にもありとも吾兄子《わがせこ》が手慣《てなれ》の御琴地《みことつち》に置かめやも**　藤原房前（五／八一二）

**物言わない木ではあっても、あなたご愛用の御琴を決して粗末に扱うことなどありせん**

## 三　『梅花の宴』、そして帰京へ

天平二年正月十三日、薄明かりに小雪の舞う朝、太宰府政庁の大広間は庭に向かって開かれ、各官位に合わせた冠・服を身にまとった官人たちは、磨かれた床の上に置かれた筵《むしろ》座に腰を下ろした。そこ此処に置かれた大鉢の炭火が発する赤い光に冠や服から垂れた房の錦糸が煌《きら》めいて、華やかな雰囲気を一段と盛り立てていた。主人の太宰帥・大伴旅人が立ち上がり、座が静まるのを待っておもむろに宴会の序を宣言した。

「天平二年正月十三日、帥・旅人の邸宅に集い宴会を開く。時は初春の良き月、空気は美しく風も和《なご》やかで、梅は女人の装う白き粉の如く蘭《らん》は奥床しく香る。朝の山頂には雲が移ろい松は雲の薄衣《うすころも》を披《ひら》き、夕の山腹にたなびく霧にとじ込められて鳥が迷う。庭には蝶が舞い雁は空を故郷へ帰る。此処に天を屋根に地を座として人々は膝を詰めて酒盃を酌み交している。一座は胸襟《きょうきん》を開き淡々と心の行くまま満ち足りている。もし筆に記さなければ言い表すことができるだろうか。詩経にも落梅の篇がある、古今異なる筈は無い。諸君、庭の梅を詠んで短歌を作ろうではないか」

中国では書聖とも称せられる王羲之の『蘭亭の序』に倣って、六朝風の美辞麗句と対句で飾られた文言が朗々と繰り出されると、その声調に座は一挙に陶然とした歌の世界に誘われた。

旅人の序に続いて大弐、少弐…と順に立って、各々の誇りを懸けた『梅の歌』を吟じた。

**正月《むつき》立ち春の来《きた》らばかくしこそ梅を招《を》きつつ楽しき終《を》へめ**　大弐紀卿（五／八一五）

睦月となり春が来た、かくして梅を招き楽しい時を過ごしましょう

**梅の花今咲けるごと散り過ぎず我が家《へ》の園にありこせぬかも**　少弐小野大夫（八一六）

梅の花よ今の咲く時を散り急がないで、この家の園に咲き続けておくれ

**春さればまづ咲く屋戸の梅の花独り見つつや春日暮らさむ**　筑前守山上大夫（八一八）

春になればまず咲く宿のこの梅の花、君は一人で見ながら過ごすのかうららかな春日を

続いて豊後守、筑後守、笠沙弥と詠み進んで、主人の旅人が前段の区切りとして

**我が園《その》に梅の花散る久かたの天《あめ》より雪の流れ来るかも**　太宰帥旅人（五／八二二）

わが園の梅の花は散る、遠い空から雪が流れくるように

そこでひと休みしてから、世話役の太宰大監大伴百代が先頭を切って

**梅の花散《ち》らくはいづくしかすがにこの城《き》の山に雪は降りつつ**　大監大伴百代（五／八二三）

梅の花が散っているのはどこであろうか、ひきかえこの大野城の山では雪が降り続いている

と詠い、以下政庁の役人、九州各地の国司役人ら二十余人が続き、最後に

**霞立つ長き春日を挿頭《かざ》せれどいやなつかしき梅の花かも**　小野氏淡理《たもり》（五／八四六）

**霞立つ長い春の日頭にかざし続けても、ますます心惹かれる梅の花であった**

を詠い短い春日が西に傾く頃、『梅花の宴』の終わりが告げられた。

数人の資人たちが手分けして客人の歌を集め、代わりに酒肴を運び来ると座の緊張は一挙にほぐれて、篝火《かがりび》に照らされた夜の宴へと移っていった。対馬・壱岐の辺境の島々、また大隈・薩摩など九州南端の国々の下級官人や、太宰府政庁の地元採用の下級官人にとって、初めて参加する大がかりな都風の宴である。数か月間懸命に作歌技法を学んできて、曲りなりに自分の歌を発表し終えた興奮はなかなか収まらなかった。各々が思うさま酒を飲み、手を叩き、足を踏み鳴らして地方の歌を謡い、騒ぎ続ける声が深夜まで響いた。帥の館では坂上郎女が独り寝室に横になり、夜空を遠くから響いてくる歌声を聞いていた。半年間あちこちに気を配って準備を重ね、今朝も早くから先ほど宴の館から帰るまで、裏方として走り回った苦労が報われた満足感から、やがて快い眠りに入った。

旅人は先日の『梅花の宴』では、寒い一日中緊張して大役を果たし、その無理が出た

のかまた寝床に臥す日が続いた。坂上郎女は宴で全員の詠んだ三十二首を美しい冊子にして、見舞と言って旅人の枕元に差し出した。旅人は身を起こして覚束ない手で一枚一枚めくってしばらく目を閉じていた。やがて郎女に筆を持たせて次の歌を書き取らせた。

『員外、故郷を思ふ歌』

**わが盛《さかり》いたく更《くた》ちぬ雲に飛ぶ薬はむともまた変若《を》ちめやも**　（五／八四七）

わが盛りはひどく衰えた、雲の上を飛ぶという仙薬を飲んでも若返ることはないだろう

言い足らないと思ったか『追ひて和ふる梅の歌』

**雪の色を奪いて咲ける梅の花いま盛りなり見む人もがも**　（五／八五〇）

雪の色を奪ったように咲いた白梅の花、今が盛りなのに見る人が居て欲しいものだ

**梅の花夢《いめ》に語らく風流《もやび》たる花と吾思《われも》ふ酒に浮《うか》べこそ**　（五／八五二）

梅の花の天女と夢で語り合った、風流な花よさあ酒に浮かべようむなしく散らすまい

病臥が長引いている旅人の許へ憶良から『近いうちに松浦県に国守巡視で行くので、同行しませんか』と誘いの手紙があった。『松浦には色々面白い伝説が有ります。佐用比売《さよひめ》が山に登り領布《ひれ》振って、百済へ行く大伴佐提比古《さでひこ》の船を引き返そうとしたとか、神功皇后

が立って魚を釣られた石など。船で行けば二、三日で帰られますよ』

三月、筑紫の春は陽気も良くなり、旅人は憶良の誘いをうけて松浦河の舟遊びの旅に出た。旅人は意外なほど陽気で船から岸の女たちに声をかけて憶良を驚かせた。旅人にはその日、松浦河で魚を釣る仙媛らと歌を贈りあう、詩歌『松浦河に遊ぶ』を構想した。

四月初め、旅人はこの歌を仕上げると先日の「梅花の宴」の歌と合わせて、古くからの歌仲間で都の医師の吉田宣宛に送った。『鄙《ひな》の歌ながら…』と謙遜しつつ、自身最近の歌境の進展に気を良くして誇る気持ちもあった。吉田宣より丁寧な返書と、旅人の歌に讃する数首の歌を添えた包みが届いたのは七月も半ばを過ぎていた。しかしその三ヶ月ほどの間に、旅人を巡る状況は一変していた。

六月になると旅人の脚気は一気に悪化した。身を起こすこともならず虚言《そらごと》を発し、容態は日に日に深刻になった。太宰府政庁より『帥、脚に瘡《そう》をなして重態』との報せに、都の聖武天皇は急遽、旅人の庶弟で右兵庫助・大伴稲公《いなぎみ》と甥の治部少丞・大伴古麻呂《こまろ》の二人を、駅使《はゆまづかひ》（駅馬を使える公的な使者）として太宰府へ派遣した。二人が着く頃には少し容態も回復し、旅人の遺言（大伴一族の氏上の継承など）を聞くという最悪の覚悟で来た二人を安心させた。旅人が当面の危機を脱したので、泊っていた駅使は都へ戻ることになった。
遠路の往還をねぎらう送別の宴で二人の前途の安全を祈り詠った。

**草まくら旅行く君を愛《いつく》しみ副《たぐ》ひてぞ来し志可《しか》の浜辺を**　大監大伴百代（四／五六六）

**これから旅ゆくあなたを慕って一緒にやってきました、この志賀の浜辺に**

**周防《すは》なる磐国《いわ》山を越えむ日は手向《たむ》けよくせよ荒しその道**　少典山口忌寸麻呂（五六七）

**周防国の磐国山を越える日には神に十分な手向けをしなさい、荒くて険しい山道ですよ**

聖武天皇は二人の駅使の帰京報告を受けると、大伴卿の太宰帥役もこの辺が限度と思し召されたか、旅人は十月大納言を拝命し太宰帥を解かれて京へ戻ることになった。

旅人の帰任が決まると坂上郎女は
「二年前は陸路でここに来ましたが、帰りは折角の機会ですから大伴に所縁《ゆかり》の深い船で、玄海灘や瀬戸内の海を渡って都に帰りたい。途中海人たちの信仰する宗像《むなかた》神社に寄り航海の安全をお祈りしたい」と旅人に頼んだ。
「ではなるべく早い時期、冬の海が荒れる前が良い。私の従者や家持と一緒に難波の港に行く船を探して手配しよう」

十一月初旬の朝、一行は館を出発して水城まで歩き、そこで休んで太宰府を振り返った。住んだのはさほど長くはなかったが、その日は太宰府の街もその奥の政庁も特別に感慨深かく思えた。

那の津から山沿いの道を歩いて夕刻には多くの大楠に囲まれた宗像神社に着いた。出てきた禰宜《ねぎ》の言うには、「宗像神社は天照大神と素戔嗚尊《すさのお》が誓約《うけひ》をされて、天照大神の息から生まれた宗像三女神を祀っています。ここ辺津宮《へつ》には市杵島《いちぎしま》姫神、筑前大島の中津宮《なかつ》には端津《たぎつ》姫神、玄界灘のはるか絶海にある沖ノ島の沖津宮《おきつ》には田心《たごり》姫神が祀られて、古くから海の神として信仰を集めてきました。神功皇后が三韓征伐の際、航海の安全を祈って霊験があり、以来事ごとに国に弊使を遣わす習いになりました」

「ずいぶんな由緒ある神社ですね」

「大化の改新（六四五年）で国郡の制が敷かれると、宗像一郡が神領として与えられ、古来地区の有力豪族・宗像氏が神主として神社に奉仕し、神郡の行政を任されています。大海人皇子は若き頃、北九州の豪族を挙《こぞ》って朝鮮出兵させるため、母・斉明天皇から筑紫に派遣されました。皇子はこの地の有力者宗像徳善の屋敷を頻繁に訪れて徳善の尼子《あまこ》娘と親しくなり、やがて御子が産まれました。

六六三年、白村江の戦いで北九州の多くの豪族や兵と共に父徳善が亡くなると尼子娘が後を継ぎ、大海人皇子は尼子娘との間に産まれた御子を都に引き取られました。その皇子が後の高市皇子、先日亡くなられた長屋王の父君です。大海人皇子が天武天皇として即位されると、遣新羅船は朝鮮へ行く途中に寄って宗像神社に安全祈願し、遣唐使船にも引き継がれています。しかし海の上では朝廷の船も、出雲や越へ行く倭船も朝鮮の船も同じです。我々は常に全ての船の安全を祈っています」

その日は本宮から一里ほど北の神湊《こうのみなと》に泊まり、翌朝は目の前の波に浮かぶ筑前大島に鎮座する中津宮の端津姫神に航海の安全を祈り、難波・住吉行きの船を待った。郎女は船に乗ろうと水辺に出て、砂浜で拾った貝殻を手のひらにのせて眺めた。「二枚あった貝殻が一枚ずつ離れて散ったのは、恋を忘れた罰かしら」と呟きながら、

**吾背子に恋ふれば苦し暇《いとま》あらば拾《ひり》いて行かむ恋忘れ貝《こひわすがい》**　（六／九六四）

**あの方を恋すれば苦しい、旅の浜で暇があれば拾って行こう恋の辛さを忘れさせる貝を**

苦しい思いで別れた藤原麻呂も、亡くなった夫大伴宿奈麻呂や穂積親王も吾背子に含めて懐かしみ、久しぶりに他人を世話する役目を忘れて自分の歌を詠った。

乗船後しばらくは舟子たちも、碇を上げて船の向きを調整し帆を上げるなど慌しく働い

ていたが、やがて船は順調に走り出した。赤馬関《あかまがせき》（下関）までは島影をみながらの船旅である。その夜は船板の上に坐って、静かな波の上に浮かぶ月を見ていた。やがて長老格の従者三野連石守が立って詠い出した。

**吾背子をあが松原よ見渡せば海人《あま》をとめども玉藻《も》刈る見ゆ**　（一七／三八九〇）

**私の大切な人を待つ、その松原から見渡すと、漁師の娘たちが玉藻を刈るのが見える**

若い舟子らが続いた。

**荒津《あらつ》の海潮干潮満《しおひしおみ》ち時はあれどいづれの時かわが恋ざらむ**　（一七／三八九一）

**荒津の海に潮の干満があるけれど、どんな時でも、私の恋は引いて干《かわ》く事はありません**

自作の歌か船仲間に流布する歌だろうか、家持は月明かりを頼りに九首ほど書きとめた。

十一月に入ると帰京が迫り、旅人は太宰府の官人等と馬を駆って香椎《かしい》廟（熊襲征伐で死んだ仲哀天皇を神功皇后が此処に祀った。六年前の七二四年社殿竣工）に拝礼した。帰途香椎の浦に馬を駐《と》めて目前に広がる海を眺めた。前面にせり出した伊都の岬、志賀や能古の島々は弱い西日を受けて群青色に浮かび、東国から来た防人たちは今も見張り続けている筈だが姿は見えない。陽光を受けて輝く海面を那の津に出入りする小舟の曳く水脈《みお》が交差し、やがて消えてゆく。
まず大伴卿が、

いざ児等《こども》香椎の潟に白たへの袖さへぬれて朝菜つみてむ　（六／九五七）
さあ皆の者よ、この香椎の干潟で袖まで濡らして、朝餉《あさげ》の海藻を摘もう

続いて各々がその懐いを詠った。

時つ風ふくべくなりぬ香椎潟《がた》潮干の浦に玉藻刈りてな　大弐小野老朝臣（六／九五八）
満潮の風が吹きそうな香椎潟の潮干の浦、潮の引いている今の内に玉藻を刈りましょう

往《ゆ》き還《かえ》り常にわが見し香椎潟明日《あす》ゆ後には見むよしも無し　豊前守宇努首男人（九五九）
太宰府への往きかえりに見馴れた香椎潟よ、明日からはもう見るすべもない

旅人は官人たちと別れ、独り近くの次田《すぎたの》温泉《ゆ》（現在の二日市温泉）に泊り日頃の疲れを癒したが、思い出すのは亡き妻のことばかり。

湯の原に鳴くあし鶴《たづ》はわがごとく妹に恋ふれや時わかず鳴く　（六／九六一）
湯の原で鳴く葦鶴は間を置かずあのように鳴いている、私が激しく妻を恋うかのように

十二月六日、山上憶良と二人で政庁の図書館で別れの宴を開いた。その席で憶良はまず

倭歌四首を詠んだ。そして次第に激して来て、旅人の胸倉を掴んで掻き口説くように都への私慨《おもひ》を布《の》ぶる歌を詠った。

天《あま》ざかる鄙に五年《いつとせ》住まひつつ京《みやこ》の風俗《てぶり》忘らえにけり　（五／八八〇）

遠い田舎に五年も住み続けているうちに、知らぬ間に都の風習は忘れてしまったことです

吾《あ》が主《ぬし》の御《み》たま賜ひて春さらば奈良の京《みやこ》に召上《めさ》げ給はね　（五／八八二）

貴方様の御心をおかけいただいて、春が来たら奈良の都に私を転勤させて下さいな

冬十二月、大伴卿が京へ向けて出発する日、同行する官人と馬を水城《みづき》に駐《とど》めて太宰府を顧みた。児島《こじま》という遊行女婦《うかれめ》がここまで同行して、卿との別れを傷《いた》み再会し難いと嘆いて歌を贈った、

凡《おほ》ならばかもかもせむを恐《かしこ》みと振り痛《た》き袖を忍《しの》びてあるかも　児島（六／九六五）

遠い帰路を旅立つ貴方は恐れ多い人、ああもこうもしてさし上げたいが、身分を弁えずせめてこの袖が千切れるほどに振りたい

大伴卿が和《こた》えた。

ますらをと思へる吾や水茎《みづくき》の水城《みづき》の上に涙《なみだ》のごはむ　大伴卿（六／九六八）

自分は強い男と思っていたがそうじゃない、水城の上で別れの涙を拭っているのだから

同行の官人等は最後に筑前国蘆城《あしき》の駅家《うまや》（太宰府の東南筑紫野市にあった）に集い、飲み歌いそして送った。
最後は防人佑大伴四綱の歌、

月夜《つくよ》よし河音《かはと》清《さや》けしいざここに行くも去《ゆ》かぬも遊びて帰《ゆ》かむ　（四／五七一）
月も美しく川音も清らかだ、さあここで旅立つ人も留まる人も心行くまで遊んで別れよう

京へ向かう所々で、四年前筑紫へ行くとき共に風景を眺めた亡妻・大伴郎女の姿が頻《しき》りに思い出された。自分の命はあと僅かと予感して無理についてきたのだった。

『鞆の浦（福山市）を過ぎし日作れる歌』

吾妹子が見し鞆《とも》の浦のむろの木は常世《とこよ》にあれど見し人ぞ亡き　（三／四四六）
妻が往きに見た鞆の浦のむろの木は今も生い茂っているのに、共に見た人はもう居ない

『敏馬《みぬめ》の崎（加古川市）過ぎし日作れる歌』

往《ゆく》さには二人わが見しこの崎をひとり過ぐればこころ悲しも　（三／四五〇）
妻と二人で見ながら通った敏馬の崎だが、帰路に一人で見ると思わず涙ぐんでしまう

ようやく着いた故郷の家、しかしここにはもう共に喜び懐かしんでくれる人は居ない。ひ

としお孤独感が深まるのだった。

人もなき空《むな》しき家は草まくら旅にまさりて苦しかりけり　（三／四五一）

妻の居ないこの故郷の佐保の家は、苦しい旅にもまして耐えがたく辛いことです

妹として二人作りし吾が山斎《しま》は木高《こだか》く繁くなりにけるかも　（三／四五二）

妻と二人で造ったわが家の庭は、木も高く生い茂ったことである

上京後に筑紫の沙弥満誓より送別宴への不参の詫びと共に悲別の歌が届いた。

まそ鏡見飽かぬ君に後《おく》れてや朝夕《あしたゆふべ》にさびつつをらむ　（四／五七二）

幾たびお逢いしても見飽きぬ鏡のような貴方、後に残った私は朝夕寂しく暮らすのでしょう

大伴卿の和《こた》ふる歌

ここにありて筑紫やいづく白雲のたなびく山の方にしあるらし　（四／五七四）

この奈良の京に居ると筑紫はどの方向だろう、白雲たなびくかの山のはるか彼方だろうか

坂上郎女は一日も早く元正上皇にお会いして、集め終えた『遠の朝廷の歌』を献上したかったが、一方で恐れる気持ちも強かった。上皇にお会いした時私はどう振舞えば良いか、

口先だけの慰めはすぐ見抜いてしまわれる聡明なお方だから…。

二年前の長屋王の変で王は僅か一日の訊問で無残な死を遂げ、正室・吉備内親王とその王子三名を含む子らも死に追いやられた。独身を通した元正上皇には身内は数少なく、吉備内親王は実妹でその子らは可愛い甥・姪であった。同じ長屋王の妃でも不比等の娘・長蛾子《ながこ》は事変後も何事もなく、子らと共に元の藤原家に戻っている。また息子のように愛して皇位を譲った首皇子・聖武天皇の、皇后の里方藤原氏が長屋王を殺したという噂が都では拡がっていた。

天平四年（七三二）、正月も少し過ぎた日、坂上郎女は元正上皇の宮を訪ねた。

「この度は、大変なことで…」と言いかけると、目を閉じ少し頭を下げて応えられた。二年前の元気さは薄れ、年齢相応に増えた白髪の下には時々淋しい影が現れ、それでも気丈に振舞っておられるのがかえって切なく感じられた。

「本当にご苦労でした。二年間の貴女の努力のお蔭で、大伴卿と山上憶良の二人が思う以上に良い歌を沢山詠ってくれました。大伴卿が回りの人に好かれ、喜んで歌の場に参加させる様子に感心しました。山上憶良はまだ元気なので、貴女はこれまで通り彼の筑紫の歌を集めて下さい。貴女の『魂振り』の力は、まだ残っているようだから…。

私はこの『遠の朝廷の歌』を読んだら葛城王に渡します。王には宮廷に所蔵されてきた倭歌と合せて、この時代の歌集としてまとめて貰いましょう」

「山上憶良の件は承知いたしました。旅人は病床にありますが、『遠の朝廷の歌』に関しては太宰府に同行した息子家持が事情を知っています。葛城王が歌集を作られる際には協力させて下さい」

「ではこれを渡す時に、王に言《こと》づけしておきましょう」

# 第二部　大伴家の人びと

## 四　大伴家の女たち

この頃の日本では都は天皇の代が替わるごとに、簡単な宮殿を飛鳥やその付近に建てて移っていた。持統天皇は六九四年前帝で夫・天武天皇の遺訓に従って恒久的な都を目指し、飛鳥浄御原《あすかきよみはら》宮から北四キロの奈良盆地南端に、中国儒教の経書『周礼』に記された都城制に基いて南北九条東西九坊の街路が走り、中央に宮殿を置く壮大な『藤原京』を建設して都を遷した。

**春過ぎて夏来《き》たるらし白たへの衣《ころも》ほしたり天《あめ》の香具山**　　持統天皇（一／二八）

**いつの間にか春が過ぎて夏が来たようだ、天の香具山あたりに干した真白な布が見える**

この歌にはようやく成った宮殿に移り、高楼から四囲を眺めた持統天皇の新鮮な感動と満足感が伺える。

しかし二十年も経たないうちに藤原京は捨てられた。慶雲の遣唐使（七〇二年）が唐の

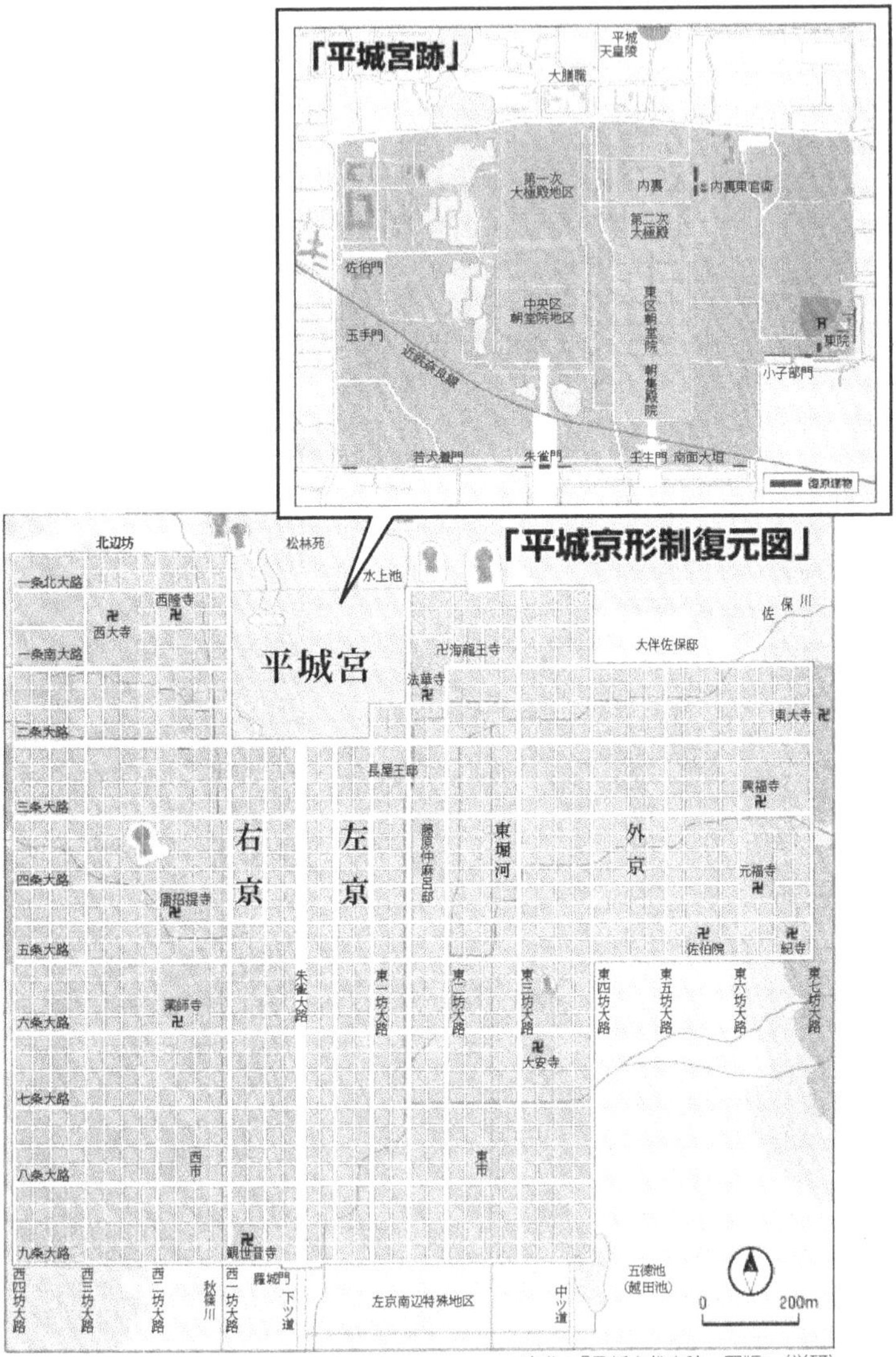


出典：『最新古代史論　図版』（学研）

平城京と平城宮

都で見た宮殿や都市構成の規範は、遣唐使の派遣が途絶えていた五十年間に大きく変化しており、藤原京は時代遅れになっていたのである。そこで元明天皇の四年（七一〇）、藤原京の北二十キロに新たに『平城京』を建設して移ることになった。新都は唐の都・長安の大興城に倣って宮殿を北端に置き、天皇は北を背に座り南の市街と対面する形に改められた。元明天皇は持統・文武の二代に渡って築いてきた都への哀惜と、短期間の遷都で人民にかける負担を考えてあまり気が進まなかった。乗った牛車の御簾を上げて、亡き夫草壁皇子の墓処を何度も振り返りながら詠った。

**飛ぶ鳥の明日香の里を置《お》きて去《い》なば君のあたりは見えずかもあらむ**　（一／七八）
**明日香の古い京を後にして行ってしまったら、貴方のゆかりの所は見えなくなるのですね**

飛ぶ鳥の＝『明日香』の枕詞

新宮殿など一部は完成していたが、多くの政庁や寺院はまだ建設中、南側には人家がまばらにあるだけの慌ただしさだった。遷都を主導した藤原不比等はいち早く宮殿の東側を広く確保して、そこに一族の邸宅群と氏寺として広壮な興福寺を建造した。また新都での政治を早く軌道に乗せ中・下級官人たちの移住を促進するため、主な高官には宮殿近くの未整備の土地を与え新しい屋敷を建てて移るよう勧めた。大伴旅人の父・安麻呂は当時左右大臣に次ぐ大納言だったが、平城宮の東側に新たに邸宅を建て、大伴家数代にわたる故地・飛鳥の旧居から移った。佐保の山なみが平地に移る外京区域の広い一郭で、以来旅人の死まで『佐保殿』と言えば大伴一族の『氏上』の通称となっていた。

天平四年（七三二）三月一日、春の陽気に誘われるように坂上郎女は二人の娘、坂上大嬢《おおいらつめ》と二嬢《おといらつめ》を連れて佐保の大伴邸にやってきた。娘たちは母が九州に行っている間、祖母の石川内命婦とこの屋敷に住んでいたので、久しぶりの来訪を喜ぶ下女たちの働く勝手口の方へ駆けて行った。『佐保殿』の主《あるじ》の部屋は旅人の死後閉されていたが、今日は久しぶりに戸が開け放たれ、新緑の中から旅人の好んだホトトギスの鳴き声が絶え間なく聞こえていた。

部屋の中では旅人の義母で安麻呂の後妻・石川内命婦《うちみょうぶ》（五位以上の女官）、その娘で異母妹の坂上郎女、及び嗣子家持の三人で、数日後に迫った大伴一族の集会とその後の宴会の打ち合わせが始まった。旅人の死後八か月経ち主な葬事が一区切りしたので、協力してくれた一族への慰労を兼ねて旅人の後継として家持を披露する宴である。坂上郎女が集会と宴の次第、出席者の名前と人数、酒肴の準備状況を説明すると、内命婦は顔をほころばせながら言った。

「会の準備は順調のようね。お前がやってくれた旅人の葬儀や大伴一族の年長者との話し合いから見て、安心して大伴家の大刀自《だいとじ》（女主人）を任せられる気がする。九州ではだいぶ苦労して来たようね」

「ありがとう、うれしいわ。こちらに居る時は困ればお母さんに相談していたけど、九州の太宰府では知っている人も頼れる人も居ない。お母さんのやり方や宮廷での経験を思い出してやりました。特に『梅花の宴』は三十人以上の官人を集めての歌会だったので大変でした」。そう言いながら坂上郎女は家持の方に向き直して、

「今度の集会は亡き父・旅人の後を継いで名誉ある大伴家の氏上になる初めての儀式です。あまり緊張しなくても良いけれど、出席する一族の顔や血縁関係、今どんな仕事をしているか聞いてこれからの人生に役立ててほしい。九州から戻ってきた山上憶良氏もこれまでの不参の詫びを兼ねて出席するそうです。

以上で集会と宴会の打ち合わせを終えて、家持と毎月やっている歌の会に移りましょう。九州に居たとき家持の歌の勉強の積りで始めたのですが、都に戻って少し落ち着いた昨年春から二人で歌を詠んでいます。最近家持もずい分上達したので今日はお母さんも聞いて下さい」

「二人で歌会をしていたとは知らなかった。面白そうね、同席させてもらうわ」

「久しぶりにこの部屋に入ると、改めて旅人のことを思い出します。太宰府の『梅花の宴』で寒い一日を懸命に努めた旅人と、今ここ佐保邸に春が来た喜びを分ち合いましょう。

うち霧《きら》らし雪は降りつつしかすがに吾家《わぎへ》の園《その》に鶯鳴くも　家持（八／一四四一）

辺りに霧が立ち込め小雪が降っている、だがわが家の庭に鶯が啼き春の気配がある

うち上《のぼ》る佐保の河原の青柳は今は春べとなりにけるかも　坂上（八／一四三三）

流れをさかのぼると佐保の川原の柳が鮮やかに芽吹いていて、春の訪れを告げています

尋常《よのつね》に聞くは苦しき喚子鳥《よぶこどり》声なつかしき時にはなりぬ　坂上（八／一四四七）

盛りになるとうるさく聞えるカッコウの声も、春先の今は懐かしく感じます

最近家持は私の歌に和《こた》えるだけでなく、自分から思いがけない方向に歌を発展させるようになった。先月だったかしら

月立ちてただ三日月の眉根《まよね》かき日《け》長く恋ひし君に逢へるかも　坂上（六／九九三）

新しい三日月のような眉を掻いたので、長く恋しく思っている貴方に会えるのでしょうか

と私が詠ったら次の歌で和えたのよ

振仰《ふりさ》けて若月《みかづき》見れば一目見し人の眉引《まよびき》思ほゆるかも　家持（六／九九四）

空を仰いで三日月を見ていると、一目しか会っていないあの人の描き眉を思い出します

まだ子供と思っていたのに、初々しさの中に女をときめかすこんな歌を詠うなんて…」

家持は郎女の言う意味が分からなくて下を向いていると、追い討ちを掛けるように、

「『一目見し人』とは誰のこと？　隅に置けない子ね、気になるわ！」しばらく家持を軽く

にらんでいた。

「…けど家持を責められない、私が穂積《ほづみ》親王（天武天皇の第五皇子）に嫁いだのは十三歳

（七一〇年頃）だった。これから家持も一人前の人間として色々な人と付き合うでしょう

が、大人の世界はなかなか難しい。もう旅人には教われないから、代わりに私たちが世の

中で経験した事を話してやりましょう。私たち女と男の世界とはずいぶん違うけど、変な

理屈や損得を離れた女の話が、案外このさき役に立つ事があるかも知れない」

「良い考えね、お前から始めておくれ、一段落したら代わるから」

「穂積親王のことでは私が幼かったので何かと噂する人も居たけど、優しく私を思って

くれたので年の差は余り気にならなかった。ただ親王と一緒に暮らしたのはわずか五年、

子供が生まれ私も少し大人になって、これから充実した生活を…という四十歳の若さで亡

くなられて本当に残念でした。ただあの人の心の中には終生、悲劇で終わった幼い頃の恋の相手、但馬皇女《たじまのひめみこ》の姿がありました。時々文箱から亡き皇女の歌を取り出して遠くを眺めながら呟くのを、私はただ遠い物語のようにうっとりと聞いていました。親王はそんな幼い私を愛《いと》おしく思われたのでしょう。

持統五年（六九〇）頃、天武天皇を父とする但馬皇女は年の離れた異母兄高市皇子の香具山宮に引き取られ、そこで同じ年頃の異母兄・穂積皇子と親しくなったのです。

**秋の田の穂向《ほむき》の寄れること寄りに君に寄りなな言痛《こちた》かりとも**　皇女（二／一一四）

**秋の田の穂が同じ向きに向くようにひたむきに君に寄り添いたい、世間の噂があっても**

皇子との密会が露われたとき思い切った行動に出る

**人言《ひとごと》を繁み言痛《こちた》み己が世に未だ渡らぬ朝川渡る**　皇女（二／一一六）

**人の噂がひどく私の心を傷つけるので、私はまだ渡ったことのない朝の川を渡ります**

皇女の激しい思いを背に皇子は近江の志賀《し》山寺に遷させられた、そのときの歌

**遺《おく》れ居て恋ひつつあらずは追ひ及かむ道の隈廻《くまみ》に標結《しめゆ》へ我が背**　皇女（二／一一五）

**後に残って貴方を恋焦がれるより追って行きたい、道の曲がり角に目印を結んで下さい**

皇子はそのまま志賀山寺で軟禁される、二人が次第に疎遠になっていった頃

ことしげき里に住まずは今朝《けさ》鳴きし雁に副《たぐ》ひて往かましものを　皇女（八／一五一五）
噂のひどい人里に住むより、今朝鳴いた雁と連れ立ってどこか遠くへ行ってしまいたい

慶雲五年（七〇八）皇女死去、皇子嘆きて
今朝《けさ》の朝け雁《かり》が音《ね》聞きつ春日《かすが》山もみちにけらし我が情痛《こころいた》し　皇子（八／一五一三）
今朝の明けがた雁の声を聞いた、ああ春日山は黄葉したらしい、こころにしみてつらい

皇女が薨去《こうきょ》した後、雪の降る日に皇女の墓を遥かに望み、泣きつつ皇子の詠う
降る雪はあはにな降りそ吉隠《よなばり》の猪養《いかひ》の岡の寒からまくに　皇子（二／二〇三）
降る雪よはげしく降らないでおくれ、あの人が眠る吉隠の猪養の岡が寒くないように

その後皇子は性格の合わない政治の世界で活躍しますが、宴席の酒で盛り上がるとよくこんなざれ歌を詠っていたそうです。

家にありし櫃《ひつ》に鏁《かぎ》さし蔵《おさ》めてし恋の奴《やつこ》のつかみかかりて　（一六／三八一六）
自宅の箱に厳重に収納していた筈の恋というヤツが、この俺に掴みかかって来やがった

親王は私と一緒になってからも、家に帰ると毎日のように別な文箱から木簡を取り出して、歌を詠みながら紙に書き写していました。何をしているのと尋ねると、時間をかけて

次のような話をしてくれました」

〔穂積皇子の語る『宮廷古歌集』の由来〕

天武四年（六七五）の詔勅《しょうちょく》（天皇が公の資格で発する文書）に『大倭《やまと》・河内・摂津・山背・播磨・淡路・丹波・但馬・近江・若狭・伊勢・美濃・尾張の国々に命ず、各国内の歌の上手な男・女、侏儒《しゅじゅ》（小人）、伎人《わざひと》（芸人）を選んで貢上するよう』とある。

こうして、農耕の節目に行われた日本古来の神楽舞踊や歌垣などで歌われた歌謡と、百済・新羅などから渡来して地方豪族に雇われた人たちの踊りや民謡が、次第に融合・洗練されて宮廷儀式が賑やかになりました。中には倭歌を詠む者もあり、歌や漢字の素養に長けた柿本人麻呂という男が見出されて、口伝えに詠われてきた歌を漢字で文字に書き残す作業が始まりました。日本書紀などの記録類は内容を漢文に移して書けますが、口誦されてきた倭歌は同じように漢字で書くことはできません。（補足：漢字の代わりにアルファベットを使ったとして、日本書紀は英語に翻訳して書くことができるが、日本語の音韻を基調とする倭歌は日本語のままローマ字式に書くしかない。）人麻呂は工夫を重ねて、漢字を流用して人々が詠い伝承してきた倭歌を書き残す方法を考え出しました。

もう少し詳しく説明すると、これまでも渡来人たちは倭ことばに漢字の音を当てはめて、例えば男と女の間の想いを『古非《こひ》』などと書いていた。しかし、人麻呂は倭ことばの『こひ』と同じ意味の漢字『恋』を本来の音『れん』ではなく『こひ』と発声する方法（訓）を採用し、また漢文の語順ではなく歌を詠み出す順に漢字を並べました。

最初、人麻呂は次のように書きました、

① 恋死恋死耶玉鉾路行人事告無

しかしこれでは、作者の詠んだ歌を次のように作者の意図の通り読むのは難しい。

恋ひ死なば恋ひも死ねとか玉ほこの路行く人の事も告げなく　（一一／二三七〇）

恋い死にたければ恋い死ねとでも言うのか、路行く人すら恋占いを告げに来てくれない

玉鉾＝路の枕詞

そこで基本は前と同じだが、補助的な漢字（我、乎、丹、者、而など）を追加して、漢語には無い倭ことばのテニヲハや動作語などの変化を表現できるようにしました。

② 子等我手乎巻向山丹春去者木葉凌而霞霏零

子等が手を巻向《まきむ》く山に春去れば木の葉しのぎて霞たなびく　（一〇／一八一五）

若い娘が手を巻き枕する、その巻向山に春が来れば木の葉を覆うように霞がたなびくよ

そして人麻呂は『古歌集』より三六〇首ほどの歌を選んで、①や②の表記法を使って『柿本人麻呂歌集』を作りました。

六八九年持統天皇は即位に当たって、亡夫天武帝の遺業を漏れなく継承するため、各部署に命じて現状を報告させました。先の詔勅については、持統天皇に召された柿本人麻呂が歌集を提出して、現状を報告し併せて次の自作歌を詠み前帝の御世を称えました。

**大君《おほぎみ》は神にしませば天雲《あまぐも》の雷《いかづち》の上《うへ》に庵《いほり》せるかも**　柿本人麻呂（三／二三五）

**前帝は神でございますから、天雲の中雷岳の上の行宮に居られるのでしょう**

この歌全体に漂う荘厳さに感激された天皇は直ちに柿本人麻呂を宮廷歌人に任じ、宮廷行事や行幸啓（天皇皇后の正式な旅）に合わせた祝賀歌、皇室の要人の死を悼む挽歌を詠う役を与えて、皇室の権威を高めることに成功しました。

朝廷の儀式が唐風の歌や舞踊が主になると先の詔勅で集められた人々は新たに設置された雅楽所へ移され、古来の倭の歌謡を伝承する人は次第に減った。人麻呂の後を受け継ぐ人は無く、残りの歌は木簡に書かれた段階で雅楽寮の倉庫の『宮廷古歌集』と書いた櫃《ひつ》の中に納められていました。

私は父・天武帝の遺志が埋もれてしまうのが惜しく、知太政官事（太政官の長、総理大臣相当）の仕事を終え邸に帰ると、残された木簡の整理作業を続けています。歌の作者は各々勝手な漢字を使って書いているので簡単には読めません。『柿本人麻呂歌集』にある類歌と比較したり口に出して詠った調子で判断したり、結構手間がかかります。

〔穂積親王の話　終〕

「私は歌の勉強にもなるので手伝いたいと申し出て、親王の指示に従って紙に書き写す作業を引き受けました。親王は朝廷の仕事を終えて帰ると、文箱の木簡の中から一歌ずつ選んで私に読み聞かせ、それを私が翌日紙に清書するのです。親王は歌の作者の思いや背景を調べて親切に説明してくれました。忙しい仕事を終えて一息つけるのが嬉しいと言い、私は歌の世界の奥深さを学ぶのが楽しくて親王が亡くなるまで続けました。宮廷の上級官人らの歌と違って、渡来人を含む近畿地方の百姓や遊芸人の他、下級官人やその子女、遊行女婦《ゆぎょうおんな》などが唄った歌は新鮮な世界でした。清書作業の合間に古歌をまねて作った私の歌をお見せすると、一緒に読んで手を入れてくれました。歌が見違えるように良くなるので、ほんとうに嬉しかった。

霊亀元年（七一五）穂積親王が亡くなり私が佐保邸に戻るとき、想い出深い古歌集の写しを形見に頂きました」

「私にも初めて聞く話が多くて面白かった。疲れたでしょうから少し休みなさい」と言って石川内命婦が話し始めた。

「父は蘇我連子《むらじこ》と言い、大化改新（六四五年）で蘇我本家の馬子《うまこ》や蝦夷《えみし》らは滅ぼされたが蘇我石川一族は残り、天智天皇の右大臣でした。一族は天智天皇死後の壬申の乱（六七二年）で大友皇子方について多くは滅ぼされました。父は乱の少し前に病死し私は乳母の里方で普通の娘として育てられ、今の家持と同じ年頃に天武天皇の皇后鵜讃良《うのさらら》（後の持統天皇）の御殿に出仕しました。皇后は母が同じ蘇我石川一族でしたので安心して私を傍に置いたのでしょう。

私がお仕えした皇后の実子草壁皇子は皇太子として次期天皇の教育中であり、周囲にも緊張した雰囲気がありました。一方皇后の同母姉・太田皇女の忘れ形見・大津皇子は、草壁より半年後生まれ、歌も上手く容姿や振る舞いも上品なので、自然に周りに人が集まり女官にも人気がありました。若かった私は二人の皇子のまばゆい姿を遠くから拝見して、ただ感激してお仕えする毎日でした。ある日大津皇子がお部屋から出た所で女官たちに囲まれると、即興的に次の歌を作って『誰か和《こた》へてくれ』と言って見せました。

あしびきの山のしづくに妹待つと吾《われ》立ち濡れぬ山のしづくに
山の木の枝からしたたる水滴に、あなたを待ち続けた私はすっかり濡れてしまったよ　（二／一〇七）

女官達は憧れの皇子の思い人になったように、われこそは…と、もちろん私も気持ちを込めた歌を作って差し出しました。皇子はその歌の中から一つを選んで読み上げました。なんとそれは私の歌だったのです。

吾《あ》を待つと君が濡れけむ足引きの山のしづくにならましものを　石川内命婦　（二／一〇八）
濡れたという山のしずくに私はなりたかった、そうすればずっとお傍にいられたのに

ワーと上がる女官たちの嬌声に、何の騒ぎかと草壁皇子までお部屋から出てこられました。私の歌が大津皇子に選ばれたと聞いて、『栄《は》えあるわが方の女子《おほなこ》に贈る歌を…』と言って、

大名児《おほなこ》を彼方《おちかた》野辺に刈る萱のつかのあひだも吾《われ》忘れめや　草壁皇子　（二／一一〇）
女の子よ、萱束の一握りほどの短い間でも、私は貴方を忘れませんよ

真面目一方の草壁皇子がこんな歌を詠ったので女官たちも大津皇子もびっくりされました。私には晴れがましく夢のような一日でした。

しかしこんな楽しいことは永くは続きません。朱鳥元年（六八六）長く病床にあった天武天皇が薨去されると、直後に大津皇子は他の皇子からの密告で捕えられ、翌日磐余《いはれ》（桜井市の一部の地名）の自邸で死を賜ったのです。

**百伝《ももづた》ふ磐余《いはれ》の池に鳴く鴨《かも》を今日のみ見てや雲隠《がく》れなむ**　大津皇子（三／四一六）

**いわれの池に鳴く鴨を見るのも今日を限りとして、私は雲のかなたに去るのだろうか**

大津皇子の死を聞いた妃の山辺内親王は黒髪を振り乱して裸足で刑場に走り、首に子刀を突き刺して殉死されたそうです。

思いがけず私にも司直からの尋問があり、示されたのは先年三人が詠った歌でした。しかし私の歌（一〇八）と草壁皇子の歌（一一〇）との間に、詞書《ことばがき》で『大津皇子は津守の占いで石川女郎との仲が明らかになったのに、あえて密会して詠んだ』と説明があり、次の歌が追加されていました。

**大船の津守が占《うら》に告《の》らむとは正《まさ》しに知りてわが二人寝《ね》し**　大津皇子（二／一〇九）

**津守の占いによって世間に知れるとは前から承知の上で私たち二人は寝たのだ**

全く身に覚えのないことを追及されて立ち竦《すく》んでしまいました。後で追加された歌と詞書によって、私の立場がこんなに変わってしまうなんて…。

結局私は皇子の評判を落とす手段として使われただけで、大津皇子の主罪は密かに男性禁制の伊勢神宮を訪れて同母姉の斎宮大伯《さいぐうおほく》皇女に会ったことでした。皇子の妃山辺皇女の悲劇的な死や激情を抑えた姉大伯皇女の歌と比較すると、わが身の不運も詠んだ歌も、とても二人に及ばないと痛感しました。

大津皇子が窃《ひそ》かに伊勢の神宮に行き、都へ戻るのを見送って大伯皇女《おほくのひめみこ》が作られた歌

**わが背子を大和へ遣《や》るとさ夜ふけて暁露《あかとき》にわが立ちぬれし**　（二／一〇五）

絶望の待つ大和へ帰る貴方を、夜が更けるのも忘れて見送った私は朝露に濡れてしまった

**二人ゆけど行き過ぎかたき秋山をいかにか君が独り越ゆらむ**　（二／一〇六）

二人一緒でも行き難い山道を、今ごろ君はひどく苦労して独り越えているのだろう

十月大津皇子は謀反人として死を賜わり、翌月皇女は伊勢神宮斎宮《さいぐう》の役を免じられて都へ戻りました。二上山《ふたかみやま》に皇子を移葬して自らも傍らに庵を作り、故人を偲びつつ後の人生を過ごされました。

**うつそみの人にあるわれや明日よりは二上山《ふたかみ》を弟背《いろせ》とわが見む**　（二／一六五）

生き残った私は明日から、二上山をあなたと思って暮らすしかないのですね。

**磯《いそ》の上に生《お》ふるあしびを手折《たを》らめど見すべき君がありといはなくに**　（二／一六六）

水辺に咲いている馬酔木の花を手折っても、見せたい貴方はもう居られないのですね

それにつけても鵜讃良皇后の誤算は大きな犠牲を払って実現しようとした、わが子草壁皇子が皇位を継承する寸前にあっけなく病死したことです。気丈にも皇后は天智・天武帝の改革を引き継ぐため自ら即位して持統天皇となり、草壁皇子の子・軽《かる》皇子の成長を待つことにしました。軽皇子が十五歳になり、文武天皇として即位したのは持統八年（六九七）八月でした。

このような外の世界の激しい動きに対して、私は十年以上大伯皇女の隠《こも》る二上山の庵に同居して、まったく時代に取り残された生活を送っていました。持統天皇から密かに命じられた私の役目は、故大津皇子及び大伯皇女の『呪い』が都の幼い軽皇子に及ばないように見張っていることでした。しかし持統の心配されるような事は何もなく、私はただお側に仕えて過ごしました。皇女はその後仏教に帰依され、経を上げ写経して過ごす清らかな一生でした。歌心も湧かないようでその後一首も詠まれませんでした。やがて皇女は病気がちになり、自分の死後私たち女官の身の振り方を心配されていました。

その頃朝廷の使いで時々庵に出入りしていた大伴安麻呂から、私は思いがけない歌を頂

きました。

神樹《かむき》にも手は触るといふをうつたへに人妻といへば触れぬものかも　（四／五一七）

神木でも手を触れるというのに、人妻と言うだけで触れていけないとは言わないでしょうね

二上山での私の暮らしを、神木に譬えて皮肉った妻問いの歌でした。私は皇女と相談の上で次の歌を返しました

春日野の山辺の道を恐《おそり》なく通ひし君が見えぬころかも　（四／五一八）

春日野の山辺の道を恐れることなく通ってこられた貴方が、最近お見えにならないですね

大津皇子らとやり取りした頃に比べれば私も痛い経験を経て充分慎重になっていました。持統天皇が薨去する（七〇二年）少し前に許しを得て退き、安麻呂と暮らすようになりました」

内命婦は二人が熱心に聴いてくれるのを見て、長くたまった想いを吐き出すように話し続けた。

「前代の一般人民を巻き込んだ壬申の乱よりは良いけれど、皇位継承に関わると人は非情に残酷になりますね。天皇位を継承する上では、時の天皇を中心に血のつながりが濃いほど有利です。そこで若い御子たちの周りでは、母親の血筋の貴賤や現天皇との遠近などを

巡って、身内同士最後の一人となるまで激しい競争があります。妻を選べる範囲は狭く対象者の病死や暗殺などによっても状況は変化するので、大津・大伯や穂積・但馬のような個人的悲劇が起こります。天智・天武帝が理想とした皇親政治を継続するのは、豪気な持統天皇にとっても難しいことでした。

私と同じ蘇我連子の娘で十歳ほど年上の異母姉・蘇我昌子《しょうし》は藤原不比等の正妻となり、長男武智《むち》麻呂（南家の祖）、次男房前《ふささき》（北家の祖）を産み育て、権勢の中心になりました。しかし結婚した当時は、不比等は壬申の乱で敵方になった故中臣鎌足の長男、昌子は権力闘争に敗れた豪族・蘇我氏の出、互いに日陰者の侘しい暮らしでした。鵜讃良皇后が持統天皇として即位すると、祖父蘇我安麻呂の自死で中断された蘇我石川家の氏寺・山田寺を完成させ、祖先を供養する形で支えになる蘇我一族の女たちを結集しました。不比等は妻昌子を介して持統天皇に食い込み、天武帝の目指した政治を継続し強化する一方で藤原氏としての勢力を強化して行きました。昌子が大宝の初年に亡くなると、不比等は犬養三千代と再婚して二人三脚で皇族への足がかりを築き始めました。三千代は私と同じ持統天皇の女官仲間で、九州から来た美努《みぬ》王と結婚して既に三人の子持ちでしたが、知らぬ間に離婚していたのです。

やがて不比等が亡くなると、息子たちは父のやり方に倣って、短命に終わった文武天皇の後に元明・元正両女帝を即位させ、自らの血統を聖武天皇につないだのです。つまり、文武天皇の妃に異母妹・宮子を入れて首皇子《おびとのみこ》（後の聖武天皇）が産《うま》れ、宮子が産後精神異常になると幽囚し、丁度不比等との間に娘を産んだばかりの三千代を首皇子の乳母にした。以後三千代は皇太子の後見として力を持ち、不比等の息子たちと協力して実娘・光明子を兄妹のように育てた基皇子の許に入宮させ、皇子が即位すると妃、更に非皇族の藤原氏出身初の皇后にすることに成功しました」

「本当に見事ですね、三千代と言う人は」

「とにかく仏教に熱心だし、何事もそつなく時間をかけて着実にやるので余り悪く言う人は居ませんね。

　一方私が結婚して入った大伴一族は、壬申の乱では大海人皇子方で立派な働きをしたのに、即位した天武天皇は天皇と親王中心の『皇親政治』を目指したので、一族は余り良い地位に就けなかった。安麻呂は大伴の主家筋の右大臣長徳の六男、最初の妻は古い豪族の娘でしたがやがて病死しています。私達が結婚して間もなく対馬でわが国初の産金発見の報があり、それが虚報と分かると安麻呂の兄大納言・御行《みゆき》は責任を取って辞任し、失意のうち亡くなりました。そして六男の安麻呂が大伴一族の氏上を継いだので私は大刀自《とじ》となり、安麻呂や長男の旅人と共に、佐保大伴家を維持し大伴家に伝わる祭祀を主宰する仕事を引き継ぎました。各地に散在している荘園を経営し、三十余年間忙しく働きました」

「お母さんは仕事が忙しくても、時々はそばに来て女の身だしなみや古くから伝わる倭歌を教えてくれたので、後で役に立ちました」

「そのうちに朝廷で仕事仲間の穂積親王から安麻呂へ、お前を頂きたいというお話があり、まだ幼いから断わろうと思ったけど、念のためお前の気持ちを聞くと『行っても良いわ』と。親が思っているより大人になっていたのね」

「その穂積親王が亡くなられて私は佐保の家に戻り、そこへ藤原麻呂が時々通って来ました。麻呂とは子供の頃、家が近く顔なじみだったので、いつから付き合いが再開したのか覚えていません。麻呂は藤原四兄弟の末弟で、今は京職（現在の都知事相当）藤原大夫として大変な勢いだけど、当時はまだやんちゃなところがあって一度結婚した私には魅力的でした。歌を作るセンスにも非凡な所があって腕を磨くには格好の相手でした。

京職藤原大夫、大伴郎女に贈れる歌

**よく渡る人は年にもありといふをいつの間にぞも我が恋ひにける**　（四／五二三）

辛抱する人は一年も逢わずにいられると言うが、何時の間に私はこんなに恋したのだろう

大伴郎女の和ふる歌

佐保河の小石ふみ渡りぬばたまの黒馬《くろま》の来る夜《よ》は年にあらぬか　（四／五二五）

佐保川の石を踏み渡って君の黒馬の来る夜が、年の内には無いでしょう

来《こ》むと言ふも来《こ》ぬ時あるを来《こ》じと言ふを来《こ》むとは待たじ来《こ》じと言ふものを　（四／五二七）

貴方は来ると言っても来ない時があるのに、来ないと言うのをなぜ待つの来ないと言うのに

千鳥鳴く佐保の川門《かはと》の瀬を広み打《うち》橋渡す汝《な》が来《く》と思へば　（四／五二八）

千鳥が鳴く佐保川の川門が広いので板橋を打ち渡します、あなたが来てくれると思って

いま私が男と女の微妙な恋の歌を作れるのも、麻呂との楽しくまた辛く苦しい経験があったからね。ただ気が向くときだけ麻呂が佐保の家に通って来るのを、私はただ待つだけというのは気性に合わなかった。その辺を見ていたお母さんの勧めで、麻呂と別れて同族の大伴宿奈麻呂と世帯を持ちました。この人は麻呂と違って、女の心を想って詠うことはできないしまたしない。官人として永い間苦労の多い地方の国司をまじめに勤めていました。結婚して二人の娘、大嬢と二嬢が生まれ、これから実りのある人生になるというと

き亡くなった。私はまた寡婦になり、三年前上皇に勧められて太宰府の兄・旅人の所へ行ったのです」

「麻呂がお前に近づき、またはっきりしたわけもなく別れて行ったのは別な思惑《おもわく》があった気がする。藤原氏としては、皇族方の有力者・長屋王と大伴氏とのつながりを弱めたい。そこで麻呂がお前に近づいて、穂積親王没後の動きを探ったが、お前が他の親王ではなく大伴一族の宿奈麻呂との結婚に傾いたので、問題なしと判断して離れて行った。亡き不比等の後妻・橘三千代が立てた策略で、勿論若い麻呂にはそんな下心はなく何も知らなかったかも知れない。新興の藤原氏としては古来天皇の近辺を護り地方にも強い勢力を持つ大伴氏の動きを警戒していたから…」

「お母さんは相変わらず麻呂に厳しいのね。麻呂が私と付き合った頃は従五位下だったのに、不比等公が亡くなると従四位上となり、今では参議で兵部卿兼山陰道鎮撫《ちんぶし》使です。急な出世に忙しくて女の私まで手が回らなくなったのでしょう」

「分かりましたよ。ところで穂積親王形見の『宮廷古歌集』は、今どこにあるの」

「大伴宿奈麻呂と結婚したとき他の荷物と一緒に坂上の屋敷に移したので、今もあるでしょう、すぐ探します。子供が生まれ宿奈麻呂が亡くなり、さらに九州への行き戻りで歌集のことはすっかり忘れていました。実は先日、元正上皇の所へ伺うと『いま朝廷に出仕している若い娘たちは殆ど歌を詠わなくなった。その場の求めに応じて歌を詠む伝統も経験も無くなったからでしょうが、このままでは倭歌の将来が心配です。お前には娘たちが歌の良さを知り、歌を詠む喜びを体験する機会を作ってほしい』と言われました。私は上皇宮の娘たちを集めて、古歌集を使った歌の塾を開く積りです。これから家持も協力しておくれ」

その時長く待たされていた坂上郎女の娘二人が来て、部屋の外から家に帰ろうとせがんだので急に現実の世界に引き戻された。

## 五　大伴一族の集まり

一族の集会が始まると、まず旅人の末弟で右兵庫助・大伴稲公が立って挨拶した。

「一昨年の夏太宰府で大病した旅人は暮に大納言の役を拝命して都に戻り、やがて伏したまま去年夏亡くなった。結局兄が生き延びたのは一年足らずだったが、京に戻って義母・石川内命婦と相談して大伴一族の氏上を十五歳の嫡子家持に引き継がせ、坂上郎女が後見役と佐保・大伴家の大刀自を兼ねることで一族の同意を得て、目出度く今日を迎える運びとなった。では家持の将来のため、一族の若手古麻呂と古慈悲には官人の先輩として励ましの言葉を頂きたい」

古麻呂が立った。家持の従兄である。

「私は次期の遣唐使に選ばれ、来年天平五年（七三三）多治比広成大使の属官として出発します。天武帝の発願で元正帝時代（七二〇年）に完成した『日本書紀』を、唐の皇帝に献上するのが私の役目です。『書紀』はわが国初の正史で、わが国が中国に劣らぬ長い歴史を持つこと、唐式の制度・文化を取り入れ短期間に徳で治める立派な国になったこと、最近高句麗・百済を滅ぼして朝鮮を統一した新羅は昔からわが国へ朝貢していたことを説明します。仏教伝来以降、都には大寺院、地方にも多くの寺を建て鎮護国家の体裁を整えて来たが、正規の戒律僧を認める体制がないので唐の朝廷に伝戒師として適当な高僧を派遣して欲しいと依頼します。唐の役人への説明は渡来系の通詞がしますが、その傍らでわが国の意志を伝えるのが私の役目です。現在私は何を問われても誤解なくかつ侮られずに日本を説明できるよう準備しています。

所で、大伴家は『日本書紀』に記された通り、古来天皇護衛の臣として神武天皇の東征に同伴して蛮族と戦い、身命を賭してヤマトの平定を助け、神功皇后の三韓征伐でも海を渡って新羅、百済、任那と戦って勇名を馳せています。降っては雄略天皇死後の皇統断絶の危機に大伴金村が越の国から応神天皇五世の子孫をお連れして、継体天皇として即位させ現在に続く安定した皇統を確立しました。また先の壬申の乱では天武天皇を守って輝かしい戦果を上げ、その功で長徳、安麻呂、旅人は右大臣や大納言になり、その他多くの有力官人を輩出してきた家柄である。ここで一族の氏上となる家持は一族の光栄ある過去を引き継いで更に立派に発展させて欲しい」

続いて学者肌で最近『大学寮』の大允《だいじょう》の職を得たまた従兄の大伴古慈斐が、律令制と官僚制度について説明して、将来官人となる家持の関心にこたえた。

「ヤマト王権の形成期に『姓《かばね》』と呼ばれていた血族集団から、吉備、葛城、蘇我など地域別の同族集団（豪族）『氏《うじ》』と、物部、大伴など地域を越えた職能集団の『部《べ》』が現れ、各々が土地と人民を所有・支配しながら王権内の仕事を分掌していた。大王一族が皇族として強大化すると、支配体制を強化するため姓・氏・部は序列化・統制化されて私的な集団から公的な制度へと再編成された。推古十一年（六〇三）聖徳太子は血縁や勢力にとらわれない人材登用を進めるため、官職と位階を関連づける官位（冠位）十二階を制定し、その後大宝律令（七〇一年）では唐制に倣って氏姓制度と官位制、及び職掌を体系的に整備し集大成した」

「抽象的でよく分からないので、大伴氏に関連して具体的に説明してください」

「我々大伴の先祖が支えた王は有能で、周りの王たちを征服して大王となり、先祖は負けた他の王の部下を家来に組み入れて『大伴氏』として発展してきた。大王が更に征服を続けて日本全体を統一する天皇になると、今までの血族集団に基づく組織をそのまま拡大するのをやめて、中国に倣って律令（法）を定めて機能的な組織を作り、分解された血族集団内の一人ひとりを国民としてその組織の中に組み込むようにした。今では大伴と言っても氏上が支配する組織ではなく、単なる名称に過ぎなくなった」

「大伴の人々はこの変化をどう思っているのでしょう」

「頭では分かっても、納得できない気持ちも…。やはり大伴の名は大きいのですよ」

「少し分かって来ました」

「では次に、今の大宝律令で国の組織がどうなっているか簡単に説明しよう。国の租税や刑罰、裁判などを審議・決定するのが太政官《だじょうかん》、その『長官《かみ》』は（太政大臣）・左大臣・右大臣であり、『次官《すけ》』は大納言や参議である。

　先年までは長屋王がトップの左大臣、多治比池守が大納言、お前の父旅人や藤原武智麻呂が中納言、その他参議に藤原房前が居られた。いまは大分若返って、トップは大納言の武智麻呂、参議は房前・宇合・麻呂の藤原兄弟と多治比県守、葛城王らである。

　その下に実務部門を管括する『判官《じょう》』の少納言・左弁官・右弁官があり、少納言は書記を、左弁官は中務・式部・民部・治部の四省を、右弁官は兵部・刑部・大蔵・宮内の四省を管轄する。その下の『主典《さかん》』に、少納言局に属して書記を行う大外記・少外記と弁官局に属して事務を行う大史・少史がある。官員令では八省は勿論、国司や太宰府なども、長官《かみ》・次官《すけ》・判官《じょう》・主典《さかん》の『四等官』が定められ、官制の基礎になっている」

「でも国司と太宰府とでは、夫々呼び名が違うようですね」

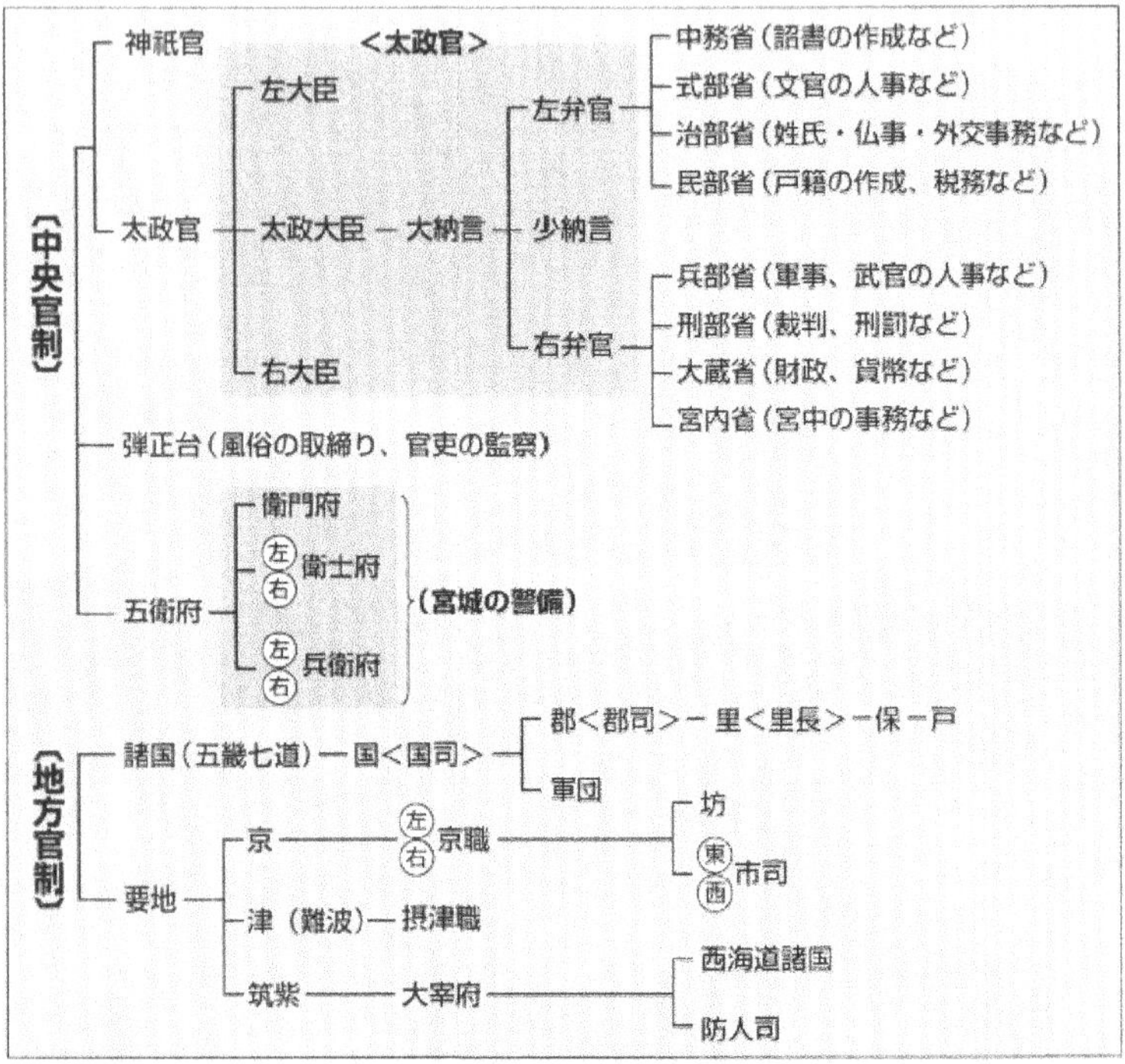

出典：『最新古代史論　律令国家の成立と平城京の誕生』（林部均、学研）

大宝令下の官令

「国司は長官が守、次官が介、判官が掾、主典が目。太宰府は長官が帥、次官は大弐・少弐、判官は大監・少監、典は大典・少典となっている。これら文武百官すべての官職の定員と資格は律令で決められている」

「資格とは？」

「正一位から少初位下《しょうそいのげ》まで三十に分かれた位階で、五位以上は貴族として昇殿（朝廷の殿上の間に伺候する）を許され衣服なども制限が加えられる、六位以下は地下《ちげ》で昇殿出来ない。その下の使部・伴部・舎人などは無位である」

「ずいぶん細かく定めてあるのですね。人の位階はどのように決まるのですか？」

「式部省管轄で官僚を育成する大学寮で官僚の候補生を教育し試験する。大学寮の学生は寮内の寄宿舎に入って授業を受け、最優秀卒業者は正八位下に叙任される。しかし正八位下は五位の親を持つ子が『蔭位《おんい》の制』で自動的に授けられる程度の位階である」

「『蔭位の制』とは？」

「高位者の子孫に相応の位階を授ける特典で、子孫が二十一歳以上になると叙位される。旅人殿は死亡時に従二位だから、多分お前はこの制により二十一歳で従六位下に叙位されるだろう。任官した後は本人の働きによって昇叙されるが、その審査を行うのが中務省《なかつかさ》である。

私の祖父・吹負《ふけひ》は旅人の祖父・長徳の弟で壬申の乱では大功を上げたが、根から武人気質で読み書きを好まず、律令体制は性に合わないと言って故地の飛鳥に隠居して亡くなった。それで息子即ち父・祖父麻呂は蔭位の特典が無く、苦労して霊亀二年（七一六）従五位下になったが、同年輩の旅人は既に従四位上だった。昨年父が従四位下越前按察使兼国守となり、私も二十六歳でようやく正七位下・大学寮の大允《だいじょう》（三等官）になれた」

「有難うございました。官人として仕事をするのは私が考えている以上に大変なようですね、これから学んで準備します。

なお故父・旅人についてですが、四年間の筑紫の勤めから帰り、翌七月故郷の飛鳥を偲んで詠んだ歌が辞世となりました。

**しましくも行きて見てしか神名火《かむなび》の淵《ふち》は浅みて瀬にかなるらむ**　旅人（六／九六九）

**ほんのしばらくでも行って見たいものだ、神南備川の淵は浅い瀬に変ってないだろうか」**

坂上郎女が引き取って

「旅人は最後の太宰府でずいぶん多くの歌を詠みました。中でも最も兄らしく今日に相応しいのは十三首の『酒を讃《ほ》むる歌』でしょう。今日は沢山の酒を用意したので、故人を思い出し存分に飲み謡って楽しんで下さい。

**酒杯《さかづき》に梅の花浮《うか》べ思ふどち飲みての後は散りぬともよし**　坂上郎女（八／一六五六）

**酒杯に梅の花を浮かべて気の合う者同士呑みましょう、後は梅が散っても構わないから」**

続いて山上憶良が少しふらつきながら立ち、

「私は大伴卿の帰京に一年遅れ、昨年暮に筑紫から戻りました。下戸の私と大伴卿とは酒や仕事はともかく、歌を通じて心から楽しくお付き合いさせて頂きました。筑紫に残された私はまた大伴卿と一緒に都で詠む機会を待っていましたが、今日は大伴卿との最後のお別れと聞いて一族外ながら馳せ参じました。あいにく、先日官より無粋な禁酒のお触れが出ています。官人の私が真っ先にお触れに反したと言わないよう、この歌は作者不詳としてもらいましょう、

**官《つかさ》にも許したまへり今夜《こよひ》のみ飲まむ酒かも散りこすなゆめ**　不詳（八／一六五七）

**許された者同士が今宵飲む酒だ、夢にも明日まで飲みこさないように」**

言い終えた憶良はまたふらついて人に助けられてようやく椅子に腰を下ろした。それを見とどけて坂上郎女は隅にたむろする資人《つかひびと》たちに向って、

「旅人に仕えて来た資人は本当に長い間ご苦労さま。おかげで旅人は六十七歳、大納言・

従二位で立派に終えることが出来ました。死後半年過ぎ、官の定めで皆さんと別れなければならない。今後の身の振りについては官に特別な計らいをお願いしてあります。本当に長い間ありがとう。余明軍《よのみやうぐに》よ、資人を代表して一言挨拶しておくれ」

余明軍が涙でぬれた顔を上げて、

「私は大伴卿がまだ若くお元気のころからお仕えして三十年以上になります。五年前太宰府に着くとすぐ奥方・大伴郎女が亡くなりました。私は御遺骸を都へ持ち帰り、大刀自と相談して邸内の奥、小高い場所を選んで墓を作り周りを整備してきました。本当に長くお側で使って頂き、犬馬のような私ですが慕《した》う心の中の感緒《おもひ》に勝《あ》へず…

**はしきやし栄えし君のいましせば昨日も今日も吾《め》を召さましを**　（三／四五四）

**お慕わしく栄えておられたお殿がご存命なら、昨日も今日も私を召されたことだろうに**

**かくのみにありけるものを萩の花咲きてありやと問ひし君はも**　（三／四五五）

**これが定めだったのですね、死の床にあって萩の花は咲いたかと問うたお殿はおられない**

幼い頃から成長を見てきた家持様とも今日でお別れです、ご立派に成長されますように」

「心のこもった挽歌ありがとう。別れは残念だけどみんなも頑張って下さい」

郎女はここが中締めの頃合いと見て声を励ました、

「皆さんと一緒に楽しいひと時を過ごしました。故人もきっと喜んでいるでしょう。喪主の家持と共に篤くお礼を申し上げます。ここで古くから伝わる『久米・大伴の歌』で一族の意気を示しましょう。さあみんな、賑やかに踊り歌いましょう。

おさかの　おほむろやに　　忍坂にある大きな岩穴に
ひとさはに　きいりをり　　人びと多く　集まりおり
ひとさはに　いりをりとも　　人びと多く　入りおるとも
みつみつし　くめの子が　　強い力の　久米の子たちが
くぶつつい　いしつつい持ち　　こぶ付き槌《つち》や　石槌《つち》を手に
うちてしやまむ　　撃《う》ち倒してしまおうぞ
みつみつし　くめの子らが　　強い力の　久米の子たちが
くぶつつい　いしつつい持ち　　こぶ付き槌《つち》や　石槌《つち》を手に
いまうたばよろし　　今こそが撃《う》つに良いおり

〔三浦佑之　口語訳古事記　文芸春秋〕

酒はまだまだあります。各々がた、酔いつぶれるまで飲んでください」

古慈悲が言う『蔭位の制』によれば、自分は二十一歳で従六位下・内舎人《うどねり》（有力貴族から特に前途有望な子弟を選び天皇に近侍して護衛・雑使などに奉仕する役）として朝廷に出仕できる身分のようだ。老いた父・旅人が遠い九州勤めしたのも幼い自分の将来を考えて…、目を閉じると茫洋とした父の温顔が浮かんできた。官人として勤めた父の生涯を目標にこれから生きて行こう、また歌の世界でも父に負けないように。

先日の大伴一族の集まりで、家持は太宰府以来久しぶりに会った山上憶良に作歌を独習する方法や、郎女が塾で使う歌の教本について尋ねた。

「この通り慢性の病に悩み、辛うじて生きている身なので他人に教えるのもおこがましいですが、折角ですからご説明しましょう。

私が首皇子の教育用に『類聚歌林』を編んだ頃も、自分の歌作りには『柿本人麻呂歌集』を使いました。『類聚歌林』の優れた歌を鑑賞しますが、『人麻呂歌集』にはいろんなレベルの歌があるので、時々の自分の気持ちに合う歌を探して作歌の手本にできるからです。この方法はきっとあなたや若い人たちにも役立つでしょう」と言って昔作ったという綴りを取り出した。その表紙は擦り切れていたが中は昔の努力の跡が生々しく、憶良らしい細かい字で几帳面に書かれていた。雑歌、比喩歌、挽歌などの分類の中を更に項目別に配列し、各項の先頭に『人麻呂歌集』から選んだ歌を、続いて自作歌や自ら集めた他人の類歌を並べてあった。

「良いお話を伺い、その上貴重な綴りまで頂いてありがとうございました。この綴りに倣って『宮廷古歌集』の歌を追加し分類し直せば、私たち初心者が作歌を練習し、宴で歌を詠むための準備にきっと役立つでしょう」

最近家持は歌の勉強に疲れると、屋敷内の弓場でひとり弓を引くのを日課としていた。大伴家は古来天皇の伴《とも》として御身を護る使命を持ち、平城宮正面の大伴門（後の朱雀門）を護る衛士が背に靫《ゆき》を負い手に弓を持つように、弓は大伴一族にとって精神的な支柱である。家持は独り弓を射ていると自分の心と先祖から伝わる神聖な心とが一瞬つながる気がする。背に負う靫から一本の矢を取り出し、最近目にした古歌を口ずさんで弦を引き絞る、

**大夫《ますらを》がさつ矢手挟《たばさ》み立ち向ひ射る円方《まとかた》は見るにさやけし**　　舎人娘子（一／六一）

**勇ましい男が矢を手に挟み持って射る的のように、この円方は実に目に鮮やかで美しい**

射る円方《まとかた》は…の所で指を離すと矢はヒョーと音を立て一直線に的へ飛んで行く。

幼い頃家持は病弱でよく熱を出し下痢をして周りを騒がせた。しかし太宰府で日課とし

て始めた弓の練習のお蔭だろうか、筋肉も発達し大人の体へ成長して来たので嬉しく思っていた。ひと汗かいて部屋に戻りまた古歌集を手に取って読み続けた。

考えが少しずつ固まって来たので、次に坂上郎女に会ったとき話してみた。

「『類聚歌林』など従来の歌集は、天皇の周りの貴族らに詠われ口誦されてきた歌を集めていました。歌の内容によって『雑』『相聞』『比喩』『挽歌』の部立てに大別され、その中はおよそ時代順に並べてあります。最近は漢字を使って歌を読み書きするので、詠う人の範囲も広がり『人麻呂歌集』や『古歌集』など、身分の上下によらず多くの人が詠んだ歌が残るようになりました。しかし後《のち》の人が自分の好きな歌を読みたい時、作歌の参考にしたい時、どこに自分の欲しい歌があるのか探すのが大変です。そこで『類聚歌林』と『人麻呂歌集』、『古歌集』を統合し並べ方を工夫して、読んで面白く作歌の参考になる歌を探し易くした教本を作ろうと思います。

また男と女の恋歌が主になる『雑』『相聞』の部は多くの歌があるので、さらに春、夏、秋、冬に分けて載せる方が良いと思いますが…」

「それは良い考えね。三つの歌集を組み合わせるのも、雑歌と相聞を四季別に分類するのも。いっそ季節の歌の中を『花』や『鳥』など具体的な言葉で小分類したらどう？　雪のような梅の花が咲いたとか、待ち焦れていたホトトギスが鳴き始めたなど、詠んだ花や鳥によって歌の趣《おもむき》は違う。先人の歌と同じ花や鳥を取り上げれば、元歌の情緒に自分の想いを重ねて、複雑な内容が詠える気がする」

「さすが、豊かな作歌経験から来る叔母さんのご意見は非常に説得力があります。参考にしてやってみましょう」

## 六　多治比家を訪ねて

天平五年一月、三月の出航が迫っていた天平遣唐船の大使・多治比広成は、単身山上憶良の家を訪ねて航路の安全を祈る歌の制作を依頼した。憶良は名誉ある役目を依頼されて感激し、短い間に最後の力を振り絞って壮行歌を完成した。

『好去好来《こうここうらい》の歌』

神代より言ひ伝て来《つ》らく　そらみつ倭の国は　皇神《すめがみ》の厳《いつく》しき国　言霊《ことだま》の幸《さき》はふ国と　語り継《つ》ぎ言ひ継《つ》がひけり…　長歌は以下口語訳のみ

神代の昔から言い伝えられてきたことには、大和の国は皇祖神の厳しく護る国、言霊《ことだま》の幸いする国である。今の世には多くの人が居るけれど、日の輝き渡る朝廷に神の御心さながらに寵愛され、天下の政治を御執りになった名門の子として、お選びになった天皇のご命令をいただき遠い唐国へ派遣される。

海の岸や沖に鎮座し支配している諸々の神たちは船の舳先《へさき》に立って先導し、天地の神大和の大国魂《おおくにたま》の神は大空を飛び翔《か》って見渡して照覧されるだろう。使命を終えて帰る日には再び神たちが船の舳先《へさき》に手をかけて、墨縄《すみなわ》引くように五島の値賀の崎から大伴の御津の浜辺にまっ

すぐ船は辿りつくだろう。つつがなく無事で早くお帰り下さい。　（五／八九四）

反歌

大伴の御津《みつ》の松原かき掃《は》きて吾《われ》立ち待たむ早帰りませ

大伴の御津の松原を掃き清めて、私はずっと立って待って居ます、早くお帰り下さい　（五／八九五）

高齢で病に伏す憶良は遣唐使船が難波の港から出帆する儀式に出席できないので、歌を詠み餞《はなむけ》する役を家持に依頼した。船が唐に向けて出航して間もない六月、憶良は亡くなった、享年七十四歳。もちろん広成ら遣唐使船の日本への帰りを見ることはなかった。

辞世の歌として

士《をのこ》やも空《むな》しかるべき万代《よろづよ》に語り続《つ》ぐべき名は立てずして　（六／九七八）

男子たるもの空しく世を去って良いのか、万代まで語り継がれる名声を上げることなく

天平五年（七三三）三月、難波の津での遣唐使船四隻の出航式には都から多くの官人や縁者が集まり、船縁《べり》では中納言・多治比《たじひ》県守《あがたもり》が朝廷を代表して歓送の儀式を執り行った。県守は長屋王亡き後の今の政権で藤原武智麻呂に次ぐ重鎮であり、また前の養老遣唐使では押使《おうし》を拝命し、一年後に無事四艘一緒に帰国させた力量は関係者に高く評価されて

いた。さらにこの天平遣唐使船の大使多治比広成は実弟なので、多治比家からも多くの見送り人が来ていた。

四隻並んだ大船の中でもひときわ立派に飾られた大使船の前に、見送る大勢の人たちの輪ができていた。県守は輪の中に家持が憶良の『好去好来歌』を詠う姿を見つけたので、忙しい儀式の合間をぬって近づいた。「お前が九州から戻ったと聞いているのに、一度も自家《うち》に来ないので留女も淋しがっているぞ。なるべく早く自家に遊びに来なさいよ」

太宰府から帰る船の中で、家持は自分の出生や母のことを坂上郎女から聞いて始めて知った。その後父・旅人は病床に臥しやがて亡くなったので、父に事情を質《ただ》して相談する機会を失った。幼い頃亡き大伴郎女に連れられて何度も多治比家へ行ったが、その時乳母と思っていたのは実の母、県守は祖父、乳母の弟の国人は叔父、幼い留女は実の妹であると知った。はるか太宰府で家持が独り都を想うとき、まず浮かぶのは多治比家での団らんの光景だったのに…。みんなに裏切られたようで腹立たしく、帰京後もすんなりと多治比家に行く気になれなかった。

四月も終わる頃、家持は多治比国人に強引に連れられて懐かしい多治比家の門をくぐった。玄関には留女が出て来て迎えた。四年前にはまだ幼かった留女も、すっかり大人びた感じで挨拶し、終わるとすぐまた母の居る勝手の方へ駆けて行った。母は食事の手配や指示などで忙しく顔を見せなかった。県守は若者たちが自分の部屋に入って来て雑談を始めたので、ちょうど良い機会だと思って先日の遣唐使船の話を始めた。

「三月に難波港で見送った広成らの遣唐使船四隻は、先日那の津を経て五島列島の福江島の港から中国の港・寧波へ向けて出帆したと連絡があった。順調に航海して無事長安の朝賀の儀に出席して欲しいものだ」

なかなか話の輪に入って来ない家持を気にかけながらさらに続けた。

「遣唐使が一段落したと思ったら今度は遣新羅使の方に問題だ。わが国は天智帝末期から二〜三年置きに朝鮮の新羅へ使節を派遣し、新羅は答礼として日本に朝貢する形で二十回ほど行き来してきた。しかし新羅は最近北の高句麗を滅ぼして強力になり、朝鮮に残っていた唐の勢力を駆逐して朝鮮全体を統一したので、日本への朝貢を止めたいと言ってきた。先日、わが国が新羅の北・高句麗の故地に新しくできた渤海《ぼっかい》国に派遣した使節の話では、唐と新羅が連合して日本を攻める気配があるという。それで六十歳を過ぎた私は近く山陰道節度使に任じられ、最後の仕事は山陰の諸国を回って不審な船を見張る警固式《けいごしき》（対外防衛マニュアル）を作ることだ。従来遣新羅使は遣唐使に比べて地味で一段低く見られていたが、二年後・次回の遣新羅使は新羅の都・慶州の宮廷で先方の意図を探り、戦意を挫《くじ》く重要な役目を担うだろう」

脇に座る県守の長男・国人が口を挟んだ、

「唐・新羅の連合軍が日本を攻めるという噂も世間の矛先をかわすため藤原氏が流しているのではないですか。最近国内では、畿内にまで蔓延する疫病や昨年から続く全国的な干ばつ被害の拡大で、藤原四兄弟政治への不満が広がり、専制を批判する世間の目は『長屋王の呪い』の噂や頻発する放火となって現れている気がします。お父さんも少し藤原氏と距離を置いた方が良いですよ」

県守は思いがけず自分の政治姿勢を批判されたので、躍起となって、

「わしが正使だった養老の遣唐使では三男の藤原宇合《うまかい》が副使船を率いて無事日本へ帰着した。また私の後の東北鎮守将軍として蝦夷の反乱を鎮圧して多賀城を置き、その功で都に帰って式部卿となった。長屋王の変ではその式部卿宇合から直接話があったので私は長屋王を糾弾した。今度は山陽道節度使としてわしと協力して西国の警備に当たる予定だ。とにかく律令体制を維持・運営するには、藤原氏の働きが大きくまた必要なのだ」

「それは分りますが、聖武天皇には基皇子が幼少で亡くなってから十年余り、光明皇后に世継ぎが生まれない。藤原氏側が女の阿倍内親王を強引に皇太子にすれば、一波乱あるのではないでしょうか。県犬養広刀自夫人の生んだ今年七歳になる安積親王を皇太子にと考えている一派もありますから」

県守は父旅人より十歳ほど若く、国人は自分より十歳位上か。二人の適当な年齢差でこそ成り立つ親子の対話がうらやましく、家持は密かに耳を傾けていた。

宴会の用意が出来たという声があって、一同は広座敷の方へ移った。主の県守の隣に家持、二人を挟んで一族・十人ほどが円くなって座った。母は部屋に入ると「しばらくの間にずい分大きくなったね」と言って家持に笑顔を見せたが、次々に食事を運ぶ女たちへの指示で忙しかった。宴が始まり酒も入って一段落すると、県守が声を上げた。

「神亀四年（七二七）太宰府大弐だった私が民部卿に昇進して都へ戻るとき、新任の帥・旅人卿が餞《はなむけ》に詠ってくれた。

**君がため醸《か》みし待酒《まちざけ》　安《やす》の野にひとりや飲まむ友無しにして**　（四／五五五）

**貴方のために醸《かも》した待ち酒を、貴方が居なくなったこの安の野で一人飲むことになるのか**

あの頃、娘・大伴郎女は旅人に随《したが》って遠い太宰府にやって来たが、知る人も無く心細かっただろう。わしと会って喜んでいたのに、皮肉なことに入れ違いにわしは都に戻り、娘は間もなく亡くなり、昨年は旅人も亡くなり淋しくなった。家持は大伴氏の氏上を継いで、これから大変だろうが頑張りなさい。所でお前は今どんな事をしているのか」

促されて家持は最近内舎人になる準備をするかたわらで倭歌の勉強をしていますと答えると、長男の国人は喜んで、

「私たち宮廷に勤める若い官人達はときどき集まって倭歌を詠み合い、併せて今の政治を論じて将来に備えている。律令制になって官人の任官や昇進すべての面で四書五経など漢学の素養が第一とされ、漢文化や仏教文化が盛んになる一方で、倭歌などわが国古来の文化は軽視されるようになった。上皇や葛城王（後の橘諸兄）の支援を受け、われらは唐・漢の文化に負けまいと頑張っているが、最近若い官人があまり入って来ない。家持は早くわれらの仲間に入って倭歌を盛り上げてくれ」

　母は男たちの話には入らず傍らの留女と話しながら、少し離れた家持の話にも頷いていた。特に四年前と変わらない様子に拍子抜けすると共に、留女のように母親に甘えられなかった自分の過去を思った。やがて留女は眠くなり母に連れられて寝室へ下りて行った。

やがて母が戻って来た時、消え残ったかがり火のうす暗い部屋の中で、家持が一人ぽつねんと座っていた。母は「今夜は私もお酒を飲みたい」と言い、二人で集めて来た残りの酒を手酌で飲みながら、旅人とのいきさつや自分の気持ちを語り始めた。

若い時求められてある親王と結婚したがその親王が異常死されたので、多治比の実家に戻っていたこと。大伴家に嫁した姉に子が出来ないので、姉の子として家持を産むことになった経過など、内容は坂上郎女から聞いた話と大差なかった。しかし、ごく自然にゆっくりとした話しぶりに、家持は何となく納得する気になっていった。

「姉と結婚した旅人と家で初めて会った時、私はちょうど今の留女くらいの年頃で、やさしく頭を撫でてもらってうれしかったことを覚えています。

**高円《たかまど》の秋野の上の撫子《なでしこ》の花うらわかみ人のかざしし撫子の花**　丹生女王（八／一六一〇）

**高円の秋の野に咲く撫子の花よ、私が若い頃手折って髪に挿してくれたあの撫子の花よ**

旅人は太宰府に向かう途中、都に残った私を気遣って名物の吉備の酒を送ってくれました、私が返した歌。

**天雲《あまくも》の遠隔《そくへ》の極《きはみ》遠けど情《こころ》し行けば恋ふるものかも**　丹生女王（四／五五三）

**貴方の行く所は空の果て遥か遠いけれど、心がそちらへ届けば恋しく思ってくれますか**

古人《ふる》の食《たま》へしめたる吉備《きび》の酒病《や》めばすべなし貫簀賜《ぬきすたば》らむ　丹生女王（四／五五四）

折角送って下さった吉備の酒を飲んで床を汚すといけない、下に敷く貫簾《ぬきす》が欲しいのです

やがて旅人から来た歌では亡くなった姉と都に居る私の区別もできなくなったようで

現《うつつ》にはあふよしも無しぬばたまの夜《よる》の夢《いめ》にを継《つ》ぎて見えこそ（五／八〇七）

現実には逢う術はありません、せめて闇夜の夢にはきっと姿を見せて欲しいのです

私の返し

直《ただ》にあはずあらくも多ししきたへの枕《まくら》さらずて夢《いめ》にし見えむ（五／八〇八）

直接お逢いできない日が多いですが、貴方の枕を抱いて寝ます逢う夢が見られるように

筑紫で姉が亡くなってから旅人の顔も歌も忘れようとしていましたが、さっき家持を見た途端にあの人を想い出し、そっくりに成長しているのでびっくりしました」

旅人と多治比の姉妹とはそれぞれが許される範囲で相手を気遣い、深い愛情で結ばれていたことを知って、家持は心のわだかまりが和らいで行くのを感じていた。

# 第三部　青春の歌と恋

## 七　笠金村と笠女郎

暖かい陽ざしを受けて桜の花びらが忙しく舞い散る中、家持はひとり寧楽の朱雀通りを二条、三条…と歩いて行く。左手には建造後少し年月を経て威厳を増した興福寺の伽藍群の中にあって、頭一つ抜け出て偉容を誇っている五重塔が見えた。小野老が九州・太宰府に赴任した時、都を偲んで詠んだという、その歌の雰囲気に酔うように歩き続けた。

**あをによし寧楽《なら》の京師《みやこ》は咲く花のにほふがごとく今さかりなり**　（三／三二八）

**（既出）**

五条を過ぎると辺りの建物も次第にまばらになり、何度か道行く人に尋ねたすえ、ようやく右京の外れにある粗末な笠金村の家に辿りついた。太宰府で沙弥満誓に会ったとき遠縁の宮廷歌人・笠金村のことを聞き、会ってみたいと坂上郎女に仲立ちを頼んでいた。父や憶良らは官の仕事が主で歌を従としていたが、作歌を主とした『宮廷歌人』の世界はどんなものか知りたかったからである。

　久しぶりに好きな歌を語り合える相手が現れたので、笠金村は喜んで話し始めた。

「九州で伯父の満誓に会ったそうで、元気な様子を伺って安心しました。ただ同じ笠一族でも直接話したことは余りないのですよ」

「金村殿はどうして、宮廷で歌を詠むようになったのですか」

「私は最初、志貴（施基）皇子の資人をしていました。その皇子が亡くなられたとき、私が詠んだ挽歌を伝え聞かれた元正天皇が関心を持たれて、天皇の許で宮廷歌人として歌を詠むようになりました。話すと少し長くなりますが…」

「長くても結構ですから、もう少し詳しくお聞きかせください」

「ご存知の通り志貴皇子は、天智七年（六六八）天智天皇の第七皇子に生まれました。壬申の乱で皇統が弟君の天武天皇側に移ると皇位を継承する可能性が無くなったので、政事《まつりごと》とは無縁の和歌や芸能の世界で過ごされるようになりました。人柄は優しく感じやすく、敵を作らないように良く気を使う方でした。皇子の歌では何といっても、春を迎えた喜びを詠んだこの歌でしょう、

**石走《いはばし》る垂水《たるみ》の上のさわらびの萌《も》え出づる春になりにけるかも**　（八／一四一八）

雪解け水が激しく流れる小さな滝のほとり、やわらかな蕨が芽吹いているああ春になった
その他に五首ほど歌が残っています。

采女《うねめ》の袖吹きかへす明日香《あすか》風都を遠みいたづらに吹く　（一／五一）
采女の袖をあでやかに吹き返した明日香風も、都が移り采女の去った今はむなしく吹くだけ

良く選ばれた言葉や独特の言い回しで、皇子の歌は読む人に深い印象を与えます。私も皇子に感化されて御子息の湯原王と共に歌を学び、詠むようになりました。

大宝三年（七〇三）持統天皇は崩御され、天皇初となる火葬に付されました。皇子は造御竈《おがま》長官に任命されて設備の造営を司り、その後慶雲四年（七〇七）文武天皇崩御に際しては殯宮《もがりのみや》のことに従事されています。殯宮：死者を本葬するまでの期間、棺に遺体を仮安置し、死者の霊魂を畏れかつ慰め、死者の最終的な死を確認する。

母親が違うとはいえ、天智天皇の御子という点では持統天皇や元明天皇と姉弟であり、また文武天皇は甥に当たる訳ですから、命じられた葬儀を努めて冷静にとり行ったのでしょう。しかし天武系一色の世にあって常に懐疑的に見られていた皇子が誠意をもって行われたので、姪でかつ文武帝の姉元正天皇は深い印象を受けられたようです。霊亀元年（七一五）八月皇子が亡くなると、その人柄と功績を評価されて自ら皇子の葬儀を命じら

れ、私は挽歌を献じる栄を授かりました。

挽歌はもちろん悼む心を歌に表わすのが第一ですが、特に長歌は参席者が一斉に唱和するので、言葉の修辞や全体を流れる音調なども劣らず重要です。その長歌（二／二三〇）では、お人柄の優れた皇子が亡くなられたのに周りの人達は全く無関心、その人達に少しでも私の無念さを知らせて一緒にお祈りして欲しいと思って詠いました。

さらに短歌として

**高円《たかまど》の野辺《のべ》の秋萩いたづらに咲きか散るらむ見る人なしに**　（二／二三一）

**高円山の野辺の秋萩は空しく咲いて散っているのだろうか、志貴皇子の亡くなった後も…**

この挽歌が評価されたようで、元正天皇の宮へ誘われて歌作りをするようになりました。以来天皇の行幸や遊猟などに供奉《ぐぶ》して、仲間の車持千人《くるまもちち》や山部赤人らと共に、天皇や皇子への讃歌を詠んだり、皇族の葬礼に挽歌を奉ったりしました。雅楽所に所属していた赤人は、行幸の時だけ参加して歌を詠んでいました。元正帝が退位され聖武天皇が即位された当座は頻繁な行幸があり、私たちも同行して歌を詠みました。しかし聖武帝の関心は次第に歌よりも仏教による救い、寺院の造立や仏像へと移って行き、歌には余り関心を示されなくなりました」

「宮廷歌人の役割も歌の内容も、時代と共に変わって来たようですね」

「古い時代には宮廷で儀式に対応して歌を作り、口誦しそれを洗練させつつ伝承する集団がありました。持統帝の頃に名高い柿本人麻呂が過去の歌を紙に書き残す方法を考案し、自分でも帝の要望に応じて歌を作るようになって、作歌の世界は一変しました。それまでの素朴な歌に比べて、彼の時代の寿歌は奉《たてまつ》る天皇の心を代作的に詠むことでした。その後私たちの時代には、多くの大宮人の一人として天皇へ奉仕する様子を描く寿歌の形式に変わりました。最近ではさらに儀礼歌から饗宴歌へと進んで、宴の四季歌へと主題の流れが移って行き、一般の歌と余り変わらなくなりました。宮廷歌人としての我々の役目はもう終った気がします。最近は呼ばれる機会も減ったので、車持千年は郷里の下野《しもつけ》（栃木県）へ帰り、赤人は風景を詠む叙景歌の方に新しい境地を見出しています」

「金村殿は宮廷歌人としてどんな歌を詠まれたのですか」

「私の歌には、元正帝の吉野離宮行幸、聖武天皇の紀伊国行幸、三香原行幸、吉野行幸、難波宮行幸、播磨国印南郡行幸、などに加わって読んだ歌があります。これらの歌はすべて清書して宮廷へ提出しました。雅楽所に保管され、私の手元には残っていません」

「長いご丁寧な説明ありがとうございました。では後日、貴方の詠まれた歌を雅楽所の方で拝見させて頂きます」

その日もいつものように弓場に立って無心に弓を射ている家持の所へ、「門から入ってすぐの植え込みに、こんな物が…」と言って使用人が小さな包みを持って来た。受け取った家持が何気なく包みを開きかけると、中から異常な熱気が感じられた。

慌てて自分の部屋に戻って戸をしめて、注意深く包を開き中の畳んだ紙を拡げると、次の歌が書かれていた

**君に恋ひ甚《いた》もすべ無み奈良山の小松が下《もと》に立ちて嘆くかも**　（四／五九三）

**あなたを想う堪え難い心を伝える方法がないので、奈良山の松の木の下に立ち嘆く私です**

これは何だ、どうしてこんな歌が、誰が自分へ…。胸はドキドキ高鳴り、色んな疑問が次々にわき出て頭の中を渦巻いたりぶつかったり、しばらくは自分でうまく整理できなかった。やがて少し落ち着きを取り戻したが、歌を詠んだ女が今も刺すような目つきで自分を見つめている気がして、振り向いて奈良山の方を見ることができなかった。

しばらく前、伯母の坂上郎女に若月《みかづき》の歌の相手は誰かと問われるまで、自分では勝手

に空想した娘を詠ったと思っていた。追求されて始めて、幼い子供に過ぎないと思っていた従妹の坂上大嬢を少し意識していたかも…。そう思い始めるとじっとして居られなくなり、思い切って次の歌を詠んで坂上大嬢に送った。

**わが家外《やど》に蒔《ま》きしなでしこいつしかも花に咲きなむ比《なぞ》へつつ見む**　（八／一四四八）

**わが家の庭に蒔いたなでしこの花が咲くころ、あなたも美しくなってきっと会えるでしょう**

しばらく待っても返歌は無かったが、そうなるとますます想いがつのって耐えられなくなり、悩んだすえにまた次の歌を詠んで書き送った。

**なでしこのその花にもが朝な朝《さ》な手に取り持ちて恋ひぬ日無《な》けむ**　（三／四〇八）

**なでしこの花になってくれれば、毎朝にでも手に持って慈しむことが出来るのに**

家持は二つの歌を詠み送ったが、現実の大嬢に切に逢いたいというより、ただ自分の歌の世界だけで勝手に恋の心を高揚させていたのである。

しかし今家持に送られて来た歌は、自分が大嬢に送った子供のような幼い歌とは全く違い、歌から発する大人の女の熱い想いに翻弄されて、しばらくは呆然と立ったままだった。やがて腰を降ろして、目の前に居ない相手に焦り慌てた先ほどの自分に言い訳をつぶやきながら、もう一度書面を見ると、歌の末尾の辺りに墨の汚れのような小さな点が二つ並んでいた。

これまでは何かあれば気軽に坂上郎女に相談していたが、今回は決して他人に知られたくない秘密が生れ、一人で大きな悩みを引き受けることになった。続いて同じような包みが来たら他人に見つかる前に取り除かなければと、毎日門の辺りを行き来した。しばらく何も無い日が続いて少し心配し過ぎていたかと思い始めたころ、同じような包みを持ってきたのは偶然その日佐保邸に来ていた大嬢だった。きつい目で家持を睨み、包みを手渡すと逃げるように走り去ったのは、中身が何かうすうす感じたのだろう。「自分は何も知らないのだ」と言うため追いかけたが間に合わなかった。幼い大嬢の心を混乱させたことを侘びるより、早く中身を知りたくて部屋に戻って急いで送られて来た歌を読んだ。

**わが屋戸《やど》の夕陰草《ゆふかげくさ》の白露の消《け》ぬがにもとなおもほゆるかも**　（四／五九四）

**わが家の夕陰草に置く白露のようには、決して消えてしまわないでしょう貴方への想いは**

この前の真正面から迫る歌と違う、心細そうな詠い方にかえって痛切な想いが感じられた。歌の末尾には、前と同様に汚れが二つあり、今度は一方は『笠』、もう一方は崩した『女』の字に見えた。

先日、家持は笠金村の宮廷歌人時代の歌を読もうと宮廷内の歌舞所へ出かけ、文庫に保管されている歌の綴りを借りて持参した紙に金村の歌を書き写していた。しばらく無心に写していると背後に人の気配を感じて、振り向くと若い女官があわてて走り去るところだった。部屋を出る前にこちらを振り返ったとき、家持は一瞬鋭く射すくめられたような気がした。歌を送って来たのはきっとその時の女官だろう、たしかに笠金村は年頃の娘が居ると言っていた。不明が晴れてひとまずホッとすると共に、彼女の一途な気持ちに圧倒され状況に合わせて表現できる歌の腕前に感心した。

「娘は幼いときから、私のまねをして歌を詠んでいました。先年石上乙麻呂卿に誘われたとき越前の角鹿《つのが》へ連れて行きましたが、すっかり大人びた歌を詠むようになってハッとしました。親ばかでしょうが…。先日貴方が来て一緒に歌の話をしたと言うと、とても興味深そうにあれこれ聞かれました。今は女官として光明皇后宮に出仕していますが、休みには時々家に戻って来ます」と言っていたのを想い出した。

女の方から先に歌を送られた、それも自分より上手い歌を…。家持は身内の大人たちに誉められて歌には自信を持っていたが、すっかり惨めな気分になった。そして相手に負けない歌を詠めるようになるまで返歌はできないと、若い男らしい見栄を張った。

「どうしたのだろうあの娘《こ》は。一緒に佐保の家へ行こうと誘っても、首を振るばかりで…」。坂上郎女がいぶかるように大嬢はまったく佐保の邸に来なくなった。家持はその話が出るとすぐ下を向いたり、座を外したりしてごまかした。こうして家持と大嬢との間に生まれかけた幼い恋は誰も知らないうちに消えてしまった。

他方で包みの女からはもっと前へと促す歌が次々に送られて来て、家持の悩みはいっそう深刻になっていった。

**うつせみの人目を繁み石走り《いはばし》間近き《まぢか》君に恋ひわたるかも**　（四／五九七）

**世間の人の目がうるさいのですぐ近くに居る君にも会えず、恋し続けているのです**

うつせみの：人目の枕詞、石走り（石橋）：間近きの枕詞

家持が返歌を送らなくても、佐保の邸の繁みに投げた包みが無くなれば届いたと思うようだった。この事をもし坂上郎女が知ればきっと怒るだろう、もう知っていて知らないふりをしているのだろうか、家持は気が気でなかった。繁みの包みを数日取り遅れていると、つれない家持に身も世も無い自分の気持を思いがけなくきつい喩えで訴えて来るので、次

第に追い込まれて行った。

皆人を寝よとの鐘は打ちつれど君をし思《も》へば寝《い》ねかてぬかも　（四／六〇七）

時を打つ鐘は深夜だから寝よと迫るけれども、あなたを想うと一向に寝られない私です

相思《あひおも》はぬ人を思ふは大寺の餓鬼《がき》の後《しりへ》に額《ぬか》づくごとし　（四／六〇八）

少しも想ってくれない人を想うのは、寺の餓鬼像に後から頭を下げているようにむなしい

家持は遂に覚悟を決めてこちらの苦しい事情を訴える歌を詠み、先方と同様の包みに入れて同じ辺りに隠した。

春の野にあさる雉《きぎし》の妻恋《つまこひ》におのがあたりを人に知れつつ　（八／一四四六）

春の野に妻をあさって動く雉はすぐ他人に居場所を知られてしまうのです

こちらの動きをじっと待って居たようで、すぐに返歌が届いた。

やみの世に鳴くなる鶴《たづ》の外《よそ》のみに聞きつつかあらむあふとはなしに　（四／五九二）

闇夜に鳴く鶴の声のように遠くから噂ばかり聞いて過ごすのでしょうかお逢いできないまま

これまで家持は一方的に迫って来る女の歌に気圧されて戸惑いを感じていたが、内省しながらも切々と訴えるこの歌を何度も読むうちに、次第に愛《いと》おしく思うようになった。

こうして始まった文の包みのやり取りを通して、家持はどうしたら二人がごく自然に会えるだろうかと相談した。そして笠女郎が皇后宮の休暇で帰る日に合わせて、父の金村から歌の話をしたいと家持を家に誘ってもらうことにした。ただ二人のことは父には内緒で、たまたま金村の家で一緒になった形にする。


当日笠家の入口で出迎えた女はやはり、家持が歌舞所で金村の歌を写していたとき逃げるように立ち去った女官だった。今日は父の家に居るので気が楽になり、家持に湯を出すしぐさも優しく落着いていたが、逆に家持はかなり緊張して笠金村に話しかけた。

「先日は我国の倭歌の変遷に関連して、宮廷歌人の役割は終ったのでは…と言われましたが、金村殿はその後どんな歌を詠っていますか」

金村は若い二人を交互に見ながら、

「私の宮廷歌人としての最後の仕事は、神亀三年（七二六）の聖武天皇の難波行幸に随行して詠った歌でしょう。数日して一行は都に戻りましたが、私は山部赤人を誘って瀬戸内の船旅に出かけました。ご存知のように和銅六年（七一三）、元明帝は全国の国司に『風土記』を書いて奉《たてまつ》れとの詔を発しました。律令制に基づいて新たに朝廷の版図（勢力範囲）

に入った国々には国府も置かれ、都から官人を派遣するため、都と結ぶ官道を開設し駅馬制が定められました。風土記ではその地に古くから祀られてきた神の怒りを鎮めるため、古来の地名を縁起の良い漢字二文字で表わして『地誉め』の歌を詠むように勧めています。

我々二人は当時出来上がったばかりの『播磨国風土記』を入手して、印南野《いなみ》、辛荷島《からにの》、敏馬浦《みぬめ》などを訪ねて、その土地を誉める歌を詠んで廻りました。後の人がその地を詠むとき、手本として我々の歌を提供するためです。

**往《ゆ》きめぐり見とも飽かめや名寸隅《なきすみ》の船瀬《ふなせ》の浜にしきる白波**
往き帰りにいくら見ても見飽きることはない、名寸隅の船着き場にしきりに打寄せる白波は
笠金村（六／九三七）

**沖つ波辺《へ》つ波安み漁《いざ》りすと藤江の浦に船ぞ動《さわ》ける**
沖の波も岸辺の波も静かなので、漁をする藤江の浦には舟が賑やかに行き交っている
山部赤人（六／九三八）

私の歌にはまだ宮廷歌人臭さが残っていますが、赤人の短歌にはもっと自由な、目の前の景色そのものに没入する雰囲気があります。景色に擬《なぞら》えて作者の心を述べる従来の歌に対し、純粋に景色を叙《の》べて感動を与える叙景歌が生まれ始めていたのです。その時はまだ私もハッキリとは気がつきませんでしたが…。

その旅から帰って、私も今の時代に合わせた歌を詠むように努めています。天平二年、勅使石上乙麻呂《いそのかみおとまろ》の一員として越前国角鹿《つのが》（現在の敦賀）の気比《けひ》神社へ行きました。作歌の機会が減り妻を亡くして落ち込んでいた私を見かねて、乙麻呂殿が声をかけてくれたのです。

越前へ下る途中滋賀の伊香山にて作った歌

**草枕《まくら》旅行く人も行き触ればにほひぬべくも咲ける萩かも**　（八／一五三二）

旅の人が行きずりに触れると、衣にその色が移ってしまいそうな鮮やかに咲いている萩だ

次いで越前国境の難所・塩津山を越えるとき、石上卿は旅の安全を祈念するため神木に矢を射たてて己が命を神に捧げられました。それを見て私は詠いました。

**ますらをの弓上《ゆずえ》振り起《おこ》し射つる矢を後《のち》見む人は語り継ぐがね**　笠金村（三／三六四）

この矢はますらをが力一杯弓を引絞って射たものだ、見る人は後々まで語り継ぐだろう

**塩《しお》津《つ》山うち越え行けば我が乗れる馬ぞつまづく家恋ふらしも**　笠金村（三／三六五）

塩津山を越えて行く時、私が乗った馬がつまずいた、家の者も恋ふているのだろう

乙麻呂卿は気比神社での仕事を終えると、新国守として武生《たけふ》の越前国府へ赴任し、私は神社で残りの仕事を終えて京へ戻りました。

笠一族の中にも新たに設置された国府の下級官人や、資人として派遣される人が増え、京の我家には一時的に都に滞在する彼らの出入りが増えました。娘は私の脇で彼らの話を聞くうちに、地名からその土地を想像して歌を詠むことに興味を持ったようです。また彼らの中には任国へ赴任するので、土地の神を鎮める歌を作って欲しいと娘に頼む人も出て来ました。しかし娘はずっと都に居るので見ず知らずの土地の歌作りをするには無理があります。そこで越前への旅に当時十四歳の娘を連れて行くことにしました。その時お前が詠んだ歌を家持殿に見て頂いたら…」

「父は伊香山に咲く萩の花を詠みましたが、その山を下って託馬野を通ったとき紫草が目に入ったので、父の歌に合わせて私はこんな歌を詠みました」と言いつつ父に知れないように家持に笑顔で目配せした。

**託馬野《つくまの》に生ふる紫草衣《むらさききぬ》に染《し》めいまだ着《き》ずして色に出にけり**

（三／三九五）

**託馬野に生える紫草を着物に染めて、まだ着て（お逢いして）ないのに知られてしまった**

「良い歌ですが、こんな歌を貴女は四年前に詠んだのですか」

「その時の歌を最近取り出して少し変えました。まだ人を恋ふる気持ちを良く知らずに詠んだ幼い歌でしたので…。それにつけても、無理を言って父について気比神宮へ行ったのは本当に良い経験でした。その土地を実際に踏むと今までにない感慨が湧いてくることを知りました。

その後、父の世話で皇后宮に出仕していますが、同僚の女官たちは一生都を離れない人も多く、周りの男の人たちの話を聞くとそれがすべてと思ってそのまま歌にしてしまいます。私は今でも図書寮に行く用があると、各地から送られてきた風土記から地名の由来や言い伝えなどを読み、ひとりで想像しながら歌を詠んでいます」

## 八　詠う娘たち

坂上郎女が元正上皇の希望を受けて始めた若い女官たちとの『倭歌塾《わかじゅく》』も半年ほど経ち、今日は家持とそこで教える歌の相談をしようと佐保邸にやって来た。大嬢はまだ母に「家持には付き合っている女がいる」などと告げ口してないようなので、家持は安心して郎女の話に耳を傾けた。

「『倭歌塾《わかじゅく》』の最初の会では、相聞・雑歌の春の歌を取り上げました。

**春山の霧にまどへるうぐひすも我にまさりて物思はめや**　（一〇／一八九二）〔相聞・鳥〕

**春山の深い霧に行き先を迷う鶯も、我にもまして物思いにふけっているだろうか**

**うちなびく春立ちぬらしわが門《かど》の柳の末《うれ》に鶯なきつ**　（一〇／一八一九）〔雑歌・鳥〕

**春が来たようです、我家の門の柳のこずえに鶯が来て鳴きはじめました**

うちなびく：春の枕詞

『同じ素材を扱いながら雑歌と相聞歌に分けるのは、相聞歌はその素材から恋の心を引き出しているのです』と言うと、うなずく娘も居れば納得できない風の娘もいました。そこで古歌集の『霞』『柳』『花』など春を詠んだ歌の中から、各々の娘に自分の好きな歌に似せた歌を作って提出させ、皆の前で私が講評しました。こうして回を追う毎に娘たちも私の言うことを理解できるようになり、作る歌も上手くなりました。夏には、夏の〔相聞・花〕〔雑歌・花〕を取り上げて、春と夏とで花に寄せる思いの違いを説明した後、また娘たちに好きな花を題材にした歌を作らせました」

「秋も同様に『月』『露』『雁』…でも良いけど、この際『七夕の歌』では如何ですか。七夕の歌は『人麻呂歌集』秋・雑歌に三八首、『古歌集』に五六首、類別では一番多い歌題なので、七月七日、牽牛・織女が年一度会って別れるまでを次の六つの場面に分けて、

・神代の別れ
・七日以前の情景
・七日の情景
・牽牛の渡河
・七日の夜の逢い
・二星の別れ

先人の詠んだ歌を鑑賞するのです」

「目先が変わって面白そうね、娘たちも喜ぶでしょう」

秋も半ばを過ぎ、佐保の大伴邸の庭先には亡き旅人と大伴郎女が植えた白や青紫の萩の花が咲き乱れていた。故旅人の主部屋ではまた三人が集まって詠い始めた。

郎女は晩《おそ》き萩の花を愛でて

**咲く花もをそろは疎《うと》し晩《おくて》なる長き心になほ如《し》かずけり**　（八／一五四八）

**咲く花も早咲きなのは余り感心しません、遅咲きの花の気長な心の方が好きです**

続いて家持は「この所雨続きで…」と言いながら、

**雨隠《あまごも》り情《こころ》いぶせみ出で見れば春日の山は色づきにけり**　（八／一五六八）

**雨で家にこもりいると心がふさぎ庭先に出てみると春日の山は時雨で鮮やかに紅葉している**

石川内命婦は自分の歌の代わりに、先日息子の大伴稲公が送って来た歌を紹介した、

**時雨《しぐれ》の雨間《ま》無くしふれば三笠山木末《こぬれ》あまねく色づきにけり**　（八／一五五三）

**三笠山に時雨が降り続けたので、木々の先まですべて紅葉してしまった**

続いて『倭歌塾』の話に移って、郎女が先日の様子を紹介した

「娘たちも『七夕の歌』には大喜びで、自分たちも『牽牛と織女の出会いと別れ』のような歌を作りたいと言い出した。上皇の言われるように、女は男と対応して詠ってこそ盛り

上がるもの、昔の歌垣《うたがき》のように男と女が一対一で相手に迫って焦《じ》らし、非難したり疑ったりする、そんな駆け引きが好きなのですね」歌垣：特定の日時に若い男女が集まり、相互に求愛の歌謡を掛け合う習俗で、東国などでは『かがい』ともいう。

家持も古歌集で歌垣の歌を読んでいたので、

「歌垣では集団の皆が既に知っている歌をその場の状況に合わせて少し変えたり、前の歌の言葉を次の歌に織り込んで新たに発展させたりして、互いに才覚を競い合って洗練させていったようです」

「最近私の倭歌塾の女官たちは古歌集の『詠み人知らず』の歌を題材とすることに少し飽きたようなので、若い男と直接歌をやり取りし、双方で競い合って歌を詠う方法を採用したい。直接と言っても歌を書いた木簡を行き来させる方法を使えば、男の歌詠みは塾へ来て女官と一緒に詠わなくてもできると思う。家持、済まないがこの男役をやってよ」

家持は急な展開に驚いたが、最近笠女郎と歌のやり取りを始めてからかなり慣れてきたし、また自分の歌の上達にも役立つと思い、引き受けると答えた。

「ありがとう。早速準備して次の回から始めましょう」

〔私考：家持と『倭歌塾』について〕

こうして坂上郎女を仲介して、家持と『倭歌塾』の官女らとの問答形式の歌の交換が二年以上にわたって行われた。彼女達は少し前までは各地の豪族に所属して軍事・政治に関連するシャーマン（巫女《みこ》）的な仕事を継承しており、古事記（七一二年完成？）を編纂するとき、各豪族に伝承されてきた歌謡を採集・記録する目的で一か所に集められた。その仕事が終わる頃には律令制が発展して豪族は弱体化したので、帰る場所を失った彼女達は宮廷に残って官女として働くようになった。もとの職業柄、歌垣的な歌を詠む能力は持っていたが、歌を漢字で記録する時代へ対応する必要があった。彼女達にとって家持は男役を演ずる歌の先生（指導者）であり、個人的に深い恋愛感情を持つわけではない。家持も教える上で歌に恋愛感情を演出するだけで、特定の人に偏しないよう注意深く行動した。

従って家持も、家持が相手する娘たちも、恋の言葉で仕掛けては互いに恋の歌を導き出す役者であり、そこに展開する恋の駆け引きは実際の生活の反映というより『恋の歌遊び』のようなもので、相手の知恵や態度を評価する歌の競技的性格が見られる。

完成した万葉集四巻相聞の部や、相聞を更に四季に別けた八巻には『倭歌塾』で学ぶ過程で詠まれたと思われる歌が多くある。

三つのグループに分類される。

①　送る歌の相手も詠う順序もはっきり分かるもの

巫部麻蘇娘子《かんなぎべまそのをとめ》が『雁の歌』を詠いそれに家持が和えた、

聞いたでしょうか我家の上を通って鳴いて行く雁の連れ合いを呼ぶ声が羨ましく想えます

誰《たれ》聞きつ此間《こ》ゆ鳴き渡る雁の音《ね》の妻呼ぶ声のともしくもありき　娘子（八／一五六二）

聞きつやと妹が問はせる雁が音《ね》はまことも遠く雲隠るなり　家持（八／一五六三）

聞いたかとあなたがお尋ねの雁の声は、ほんとうに遠く雲に隠れてかすかに聞こえますよ

②　家持と娘子の歌が漠然と対応するもの

家持、娘子の門に到りて作れる歌

斯《か》くしてやなほや退《まか》らむ近からぬ道の間《あひだ》をなづみ参来《まいき》て　家持（四／七〇〇）

こうして遠い道を苦労してやって来たのに、私はそのまま帰ることになるのでしょうか

河内百枝娘子《かふちのももえをとめ》、大伴宿祢家持に贈れる歌

はつはつに人を相見ていかならむいづれの日にか又外《よそ》に見む　（四／七〇一）

ほんの少しか貴方に会えず残念です、またどこかできっと逢いたいものです

豊前国の娘子大宅女《おほやけめ》の歌

**夕やみは路たづたづし月待ちて行かせ吾背子《わがせこ》その間にも見む**　（四／七〇九）

**夕闇の道は危ないので月の出を待って行きなさい、その間だけでもあなたを見ていたい**

③　すぐ前後に対応する歌が無いもの。このタイプの歌が一番多い。

＊家持が簡単な詞書だけを付けた歌で、贈る相手の名が無いもの

・交遊と別るる歌三首（六八〇〜八二）

・娘子に贈れる歌二首（六九一〜九二）

・娘子の門に到りて作れる歌一首（七〇〇）

・娘子に贈れる歌七首（七一四〜二〇）

＊女の歌には単に名前だけ、名前と家持へ贈るとだけあり、対応する家持の歌が見えない

・中臣女郎五首（六七五〜七九）

・河内百枝娘子《かふちのももえをとめ》二首（七〇一〜〇二）

・粟田女娘子二首（七〇七〜〇八）

・巫部麻蘇《かんなぎべまその》娘子二首（七〇三〜〇四）

・安都 扉《あとのとびらの》 娘子一首（七一〇）

・丹波大女《たにはのおほめ》娘子三首（七一一〜一三）

・・・

後世には若い家持が短期間に多くの女を相手に詠った事を道徳面から非難する人もいるが（『源氏物語』の主人公光源氏のイメージ）、官女達は郎女先生の言う通り、謎の貴公子相手に空想を膨らませて歌を詠んだだけではないか。対応が分からない③のタイプが多いのは、間に入った坂上郎女の整理が悪かったのか、後に編集した家持が妻の大嬢に配慮して故意に分かり難くしたのか。

〔私考『倭歌塾』完〕

こうした恋の歌作りが華やかに繰り広げられていた頃、身近な場所で発覚した中臣宅守《やかもり》と女官・狭野弟上娘子《さののおとがみのおとめ》との悲劇的な恋は『倭歌塾』にも大きな影響を与えた。風紀の乱れを畏れた朝廷は後宮の女官の行動への規制を強化し、『倭歌塾』も無期限に休止させられた。

世間を騒がせた二人の恋とは以下のようなものであった。

天平八年末、遣新羅使の帰国と時期を合わせて大陸から未曽有の疫病（天然痘？）が九州に上陸し、あっという間に都へ駆けのぼり、朝廷の枢要を独占する藤原四兄弟の命を狙

い撃ちのように奪うなど、翌一年間にわたって猛烈に流行した。(後述)

天平十年七月、さしもの疫病も下火になり少し落ち着いて来た宮廷内の、それも兵庫寮《ひょうごりょう》(朝廷における武器の管理・出納をする役所)で官人同士による前代未聞の殺人事件が発生して人々を驚かした。

事の次第はこうである。右兵庫頭《かみ》の中臣宮処《みやこ》東人と少属の大伴子虫は勤務の合間に囲碁をさしていた。東人がふと「長屋王を密告したのは自分だ」と呟いたところ、長屋王に恩義のあった子虫はそれを聞いて激高し、懐に持っていた小刀で即座に上司の東人を切り殺した。朝廷は犯人・子虫を捕らえて処罰しようとしたが、『長屋王の呪い』にゆれている世間の噂の矛先が自分達に向いて来ることを恐れて、子虫の罪を不問のまま放置した。

この時期に宮廷で若き官人中臣宅守《やかもり》と女官・狭野弟上娘子《さののおとがみのおとめ》との恋が発覚した。たまたま宅守の亡父の名が中臣東人だったことから、「長屋王を密告した中臣宮処東人の息子が官女と不倫な恋をした」と誤解され、その不遜な行動に民衆の怒りが高まった。采女や天皇の身辺世話をする官女との不倫であれば男女二人とも有罪の筈だし、それ以外の下級官女が相手の恋は律令では罪を問われない筈だが、朝廷は正式な罪名を示さずに官女との不倫と関連させる風にして、宅守のみを越前の国へ配流の刑とした。

越前へ行く宅守と狭野弟上娘子は身の不運を嘆き、互いを思いやりつつ歌を贈り、和える歌を詠んで別れた。

① 別《わかれ》に臨《のぞ》みて娘子の作れる歌　四首

あしひきの山路越えむとする君を心に持ちて安けくもなし　（一五／三七二三）
越への険しい山道を越えて行こうとする貴方を想うと、ひと時も気が安まりません

君が行く道の長路《ながて》を繰《く》り畳《たた》ね焼き亡ぼさむ天《あめ》の火もがも　（一五／三七二四）
流刑地までの長い道をたぐり寄せ畳んで焼き滅ぼしてしまう、そんな天界の火が欲しい

② 宅守が出発してから作った歌　四首

塵泥《ちりひぢ》の数にもあらぬ吾《われ》ゆえに思ひわぶらむ妹が悲しき　（一五／三七二七）
塵や泥のように物の数にも入らない私のため、今頃はさぞ辛い思いをしている妻よすまない

③ 配所（流刑地）にて宅守の歌　十四首

吾妹子が形見の衣《ころも》なかりせば何ものもてか命継《つ》がまし　（一五／三七三三）
愛しい貴女がくれたこの形見の衣、もしこれが無かったら何を以て命をつなぎ得ようか

④ 娘子京に留りて悲傷《いた》みて作れる歌　九首

命あらばあふこともあらむわが故にはだな思いそ命だに経《へ》ば　（一五／三七四五）
命があれば逢うこともありましょう、私のことでくよくよしないで命を大切にして下さい

逢《あ》はむ日の形見にせよと手弱女《たわやめ》の思ひ乱れて縫へる衣《ころも》ぞ　（一五／三七五三）
再び逢う日まで形見にして下さいと、か弱い女の私が思い乱れながら縫った衣ですよ

⑤　越前配流が続く宅守の作れる歌　十三首

山川を中に隔《へな》りて遠くとも心を近く思ほせ吾妹《わぎも》　（一五／三七六四）
山川が間に割り込んで遠くなっていますが、私の心はいつも近くに居ると思っておくれ

⑥　娘子の作れる歌　九首

帰りける人来《きた》れりと言ひしかばほとほと死にき君かと思ひて　（一五／三七七二）
放免されて帰り来た人が居ると聞き、喜んでほとんど死にそうでした貴方かと思って

⑦　宅守　更に贈れる歌　二首

今日もかも都なりせば見まく欲り西の御厩《みまや》の外に立てらまし　（一五／三七七六）
もし今日も都に居たら貴女に逢いたくて、何時もの西の厩《うまや》の前で待っていたでしょう

⑧　娘子の和へ贈れる歌　二首

白妙《しろたえ》の吾《あ》が衣手を取り持ちて斎《いは》へ我背子直《ただ》に逢ふまでに　（一五／三七七八）

**私の形見の衣を手に心身を清めて神に祈って下さい、直接逢えるその日が来るまでは**

⑨　宅守　花鳥に寄せ思を陳べて作れる歌　八首

**恋ひ死なば恋ひも死ねとやほととぎす物思《も》ふ時に来鳴き響《とよ》むる**　（一五／三七八〇）

**恋い死にたければ恋い死ぬというのか、物思いしている時に時鳥が来て鳴き声を響かせる**

女儒（後宮で掃除や照明など雑事をする女官）の狭野弟上娘子と笠女郎とは同じ後宮で働く下級官女であった。激しい恋の最中に突然中臣宅守が越前に配流された狭野娘子にとって、かつて越前に旅した笠女郎は格好の相談相手であり、宅守から送られて来た歌を一緒に読んで彼の行く道の困難さを想い語りあった。遠く越前に居る宅守に逢えない娘子と、近くに居ても家持に逢えない女郎とは似たようなもの、わが身の不遇を嘆き相手の不遇を慰めて、互いに涙を流し続けた。

笠女郎は里帰りを利用して家持に会うたびに、宅守と狭野娘子の成り行きとその苦しい状況について語りつつ、理不尽な朝廷や世間の力を極端に恐れるようになり、自分達の仲を決して口外しないよう何度も何度も迫るのだった。

**あらたまの年の経《へ》ぬれば今しはと勤《ゆめ》よ吾背子《わがせこ》わが名告《の》らすな**　（四／五九〇）

**年が新しく変わったからもう良いだろうと油断して、貴方は私の名を口外してはいけません**

やがて中臣宅守は許されて帰還した筈だが、その後の二人の恋の成り行きは不明である。彼らが交わした一連の恋の贈答歌を家持に仲介していた笠女郎が、中臣宅守が帰還する前に皇后宮の女儒を辞めて母の里に帰り、間もなく亡くなったからである。

## 九　笠女郎の死、大伴大嬢との結婚

天平十一年、夏が過ぎてもまだ暑い日が続いていた。突然笠女郎が亡くなったという報せがあって家持は慌てて笠女郎が移り住んだという飛鳥の奥の里に駆け付けた。

一年前笠金村の亡くなったとき、これからも皇后宮の勤めを続けると言っていたのに、しばらくして亡き母の里に戻るという報せと共に二首の惜別の歌が届いた。

**情《こころ》ゆも我《あ》は思《も》はざりき又更に吾が故郷《ふるさと》に還り来《こ》むとは**　（四／六〇九）

思いもよりませんでした、また再びわが故郷に還って来ようとは

**近くあれば見ねどありしをいや遠に君が坐《いま》せばありかつましじ**　（四／六一〇）

近くに居れば会えなくても我慢できたのにあなたと遠く離れてしまって耐えられそうにない

この時家持は理由も言わずに急に去った女郎に戸惑いと多少の反発を覚えて、次の歌を詠んで送った。

**今更に妹にあはめやと思へかもここだわが胸おほほしからむ**　（四／六一一）

もうあなたに逢えないと思うからでしょうか、これほど私の胸が鬱々としているのは

なかなかに黙《もだ》もあらましを何すとか相見そめけむ遂《と》げざらなくに　（四／六一二）

こんな中途半端になるのなら黙っていれば良かった、どんな積りで逢い始めたのだろう

その後どうしているかと思うことはあっても、この半年ほどは日々の忙しさに紛れて、家持からは何をすることもなく過ごしてきた。

家持がようやく見つけた家の庭先に立ち、咲き乱れるなでしこの花を掻き分けて来意を告げると、女郎の亡き母の縁者という老婆が現れて棺《ひつぎ》の前に案内した。

「もっと早く、亡くなる前に連絡をくれたら良かったのに」と恨むように言うと、

「身ごもったことが知れると皇后宮で噂になり貴方に迷惑をかけるからと、事情を話さないままこちらへ戻って一人で育てようと思っていたようです。それが、赤子を産み終わると急に様子がおかしくなって…。

急な連絡でしたのに今日はどうもありがとうございました、来て頂いて女郎も喜んでいるでしょう。こちらへ戻ってからも貴方を想い続けて、歌ばかり詠んでいました」

と女郎が詠みためた歌の包みを手渡した。

皇后宮での仕えが長くなるにつれて、大伴家との身分の差を一段と意識して、家持を畏れ

るような歌もあった

伊勢の海の磯もとどろに寄する波恐《かしこ》き人に恋ひわたるかも　（四／六〇〇）

伊勢の海に轟き寄せる波の、身も恐れるような勿体ないお方に私は恋し続けてきたのですね

静かに眠る女郎の躯《むくろ》の前に頭を垂れて、

「何も言わずに故郷へ帰るとは、なんて冷たい女と恨みに思っていたのに…」と、今は無駄となった繰り言を呟くしかなかった。猛しかった日も落ちると、先ほどまで喧しかった蝉の声も静かになっていた。

やがて老女は母の身代わりのようにこの世に生を受けた女の赤子の許に家持を案内した。

涙をぬぐいつつ女郎を傷む歌を詠んだ。

時はしもいつもあらむを情哀《こころいた》くい去《ゆ》く吾妹《わぎも》か若子《みどりご》を置きて　（三／四六七）

死ぬときは他にもあろうものを悲しくも逝ってしまった妻よ、この世に幼い子を残して

彼女が家持に託した包みにあった他の歌は、

わが形見見つつ偲ばせあらたまの年の緒長く吾も思はむ　（四／五八七）

私があげた形見の品を見るたびに思い出して下さいね、私もずっとお慕いしていますから

形見とはこの娘の事だろうか。自分の命の短いことを知り子の将来を託した切ない女の気

持ちに対し、父親になる覚悟も用意もできていない未熟な自分を詫びた。

昨年笠金村が亡くなったとき、棺の前で家持が故人への追憶に浸っていると、笠女郎が傍に来て「母に続いて父も亡くなり、私と大伴家の氏上・貴方とでは世間的な障害が多過ぎて、いずれ別れることになるでしょう。そうなってから恨んで別れるより、正妻でなくても『妾』でも良いから、周りの人の目の及ばない所で歌をやり取りし、密かに会い続けたい」と家持の身を揺すり口説くように言い続けた。こんな場で取り乱した姿でこんな話を…と戸惑いながらも、わずかの時間を惜しむように強く抱き合って過ごした、あの夜のことが思い出された。

翌朝その家を去る時、庭先に咲き乱れる赤紫の撫子の花がひとしお心に染みた。

**秋さらば見つつ思《しの》へと妹が植えし屋前《には》のなでしこ咲きにけるかも**　（三／四六二）

**秋になったら見て愛でて下さいと妻が植えた、なでしこの花がきれいに咲いたなぁ**

若子《みどりこ》の養育の問題があるので、これまでのことを隠しておくことは出来なかった。坂上郎女と、続いて多治比の母とも相談して、遺骸は佐保山に葬り、若子は多治比の母が留女の妹として育てることになった。どんなに死者を悼み哀しんでも他方では手際よく実務的な仕事を為さなければならない、その時自分が如何に無力な存在であるかと痛感した。

世間《よのなか》し常《つね》かくのみとかつ知れど痛き情《こころ》は忍びかねつも　（三／四七二）

世の中は常にこういうものと知っているけれど、傷む気持ちはこらえきれない

佐保山にたなびくかすみ見るごとに妹を思ひ出《で》泣かぬ日は無し　（三／四七三）

佐保山にかかった霞を見るたびに、妻を思い出して泣かない日は無い

家持は二十歳を迎え、内舎人として宮中に勤務する時が目前に迫って居た。将来上級官人となるには、笠女郎との過去はひとまず封印し、坂上郎女の『倭歌塾』との関わりも無くして、一人前の大人にならなければ…と考えるようになった。坂上郎女も家持に、大伴家の氏上として新しい世界に生きる大人の覚悟を迫っていた。彼女の一番の心配は家持の伴侶の問題である。彼には周りの女官や女儒たちとの色々なうわさを聞いているが、人生のスタートで失敗するとその後の修正が難しいので、しっかりした家柄のしかるべき娘と縁組をするか、少なくとも将来の約束を取り付けて置きたい。

坂上郎女はこのところ坂上の家を娘の大嬢に託して、跡見の里にある庄園の年貢処理の仕事に来ていたが、大嬢の方から色々悩み事を言って来て、その中に家持のことが含まれ

ていたのである。

長歌　現代語訳のみ（四／七二三）

あの世へと私が行ってしまうわけでもないのに、我家の門口でもの悲しそうに立って見送っていた留守居役の娘大嬢よ、昼夜となくそんなお前を案じていると、身は痩せ涙がとまらない、こんなに心配で恋しくてはここに一月も居られそうもないわ

**朝髪の思ひ乱れてかくばかりなねが恋ふれぞ夢に見えける**（四／七二四）

朝床の乱れ髪のように思い乱れて、そんなにお前が恋しがるから私の夢にまで現れたのね

坂上郎女は大嬢への手紙に添えてこの歌を送ったが、すぐ大嬢の待つ坂上の家には帰らずに、次の竹田庄に家持を呼んで事情を聞くことにした。大嬢も一緒にいると思って張り切って竹田庄にきた家持は、少し落胆したように

**玉鉾《たまほこ》の道は遠けどはしきやし妹をあひ見に出でてぞわが来《こ》し**（八／一六一九）

竹田の庄までの道は遠かったけど、なつかしい叔母・妹に会えるとやってきました

玉鉾《たまほこ》：道の枕詞　はしきやし：愛おしい

郎女はそんな家持をからかうように、大嬢に代わって歌を詠んだ、

**あらたまの月立つまでに来まさねば夢《いめ》にし見つつ思ひぞわがせし**（八／一六二〇）

月が替わっても来ないので、私は夢に見て恋しく思っていましたよ
歌を交わし終えて二人はうなづき合った。

家持が独り芝居のように、大嬢に歌を送った時からもう六年経っていた。当時十歳を過ぎたばかり、家持が寄せた恋の歌に何の反応もできなかった大嬢であったが、歌の未熟な自分に劣等感を抱きつつも、家持の身の上に起きていることを敏感に知り、独り悩むほどに成長していた。少し遅れて着いた大嬢は母から事情を教えられ、かづらを被って家持の目の前に現れた。

わが業《なり》なる早田《わさだ》の穂立《ほだち》造りたるかづらぞ見つつ偲《しの》はせ吾背《わがせ》（八／一六二四）
私が蒔いて実った早田の稲穂で作った髪飾りを見て、私のことを恋しく思って下さいね

家持は久しぶりに会う大嬢の、それなりに懸命な気持ちを感じ取って

吾妹子が業《なり》と造《つく》れる秋の田の早穂《わさほ》のかづら見れど飽かぬかも（八／一六二五）
あなたの見事な腕前で作った稲穂のかづらは、ずっと見ていても飽きることがありません

そこで大嬢は、はにかみながらも古事にならって、身に着けていた衣を脱いで差し出すと、家持もまた古式に従って詠んで報えた。

秋風の寒きこのころ下《した》に著《き》む妹が形見とかつも偲《しの》はむ　（八／一六二六）

秋風の寒く吹くこの頃、身に着けて寒さを避けると共に、形見として貴方を偲びましょう

こうした坂上郎女の側面からの支援もあって長い休止期間を経て二人の仲は回復した。二人の間が固まった頃、家持が送った歌

人も無き国もあらぬか吾妹子と携《たづさ》ひ行きて副《たぐ》ひてをらむ　家持（四／七二八）

うるさい人のいない国はないか、愛おしい貴女と手を取り合って行って一緒に暮らしたい

大嬢の返歌は、ぎこち無いながら一生懸命詠おうとする気持ちが伝わるので嬉しかった。

玉ならば手にも巻かむをうつせみの世の人なれば手に巻きがたし　大嬢（四／七二九）

玉なら手にも巻きつけるのに、この世の生身の人だから手に巻くことはできません

間もなく家持は正式に大嬢を妻に迎えて、周りの人たちの祝福を受けて二人の生活を始めた。

わが名はも千名《ちな》の五百名《いほな》に立ちぬとも君が名立たば惜しみこそ泣け　大嬢（四／七三一）

私の名は千も五百も噂に立って良いけど、貴方の名が一度でも立ったら惜しんで泣きます

今しはし名の惜しけくも吾は無し妹によりては千たび立つとも　家持（四／七三二）

今はもう名など私は惜しくない、愛しい貴方のためならたとえいくら噂に立とうとも

# 第四部　若き官人家持、恭仁宮から越中へ

## 十　葛城王に転がり込んだ大役

少し話は時代を逆上る。天平三年（七三一）長屋王の突然の死から一年半経って、朝廷は人々の記憶も薄れたと見たのか新政権の顔ぶれを発表した。藤原氏では故不比等の長男南家・武智麻呂と次男北家・房前の他に、新たに三男・宇合《うまかい》、四男・麻呂が昇格して四人兄弟全員が参議になった。宇合が式部卿を、麻呂が左右京大夫を兼ねたのでそれぞれの家の名を式《しき》家、京家と呼ぶようになった。参議は藤原氏だけでないと言い訳するように、大伴旅人の後釜として手堅い実務家の多治比県守、皇族として葛城王が新たに加わった。

聖武天皇の皇后・光明子にとって葛城王は異父兄に当たる。王の生母（犬養）三千代が夫の美努王《みぬおう》と別れて藤原不比等の後妻になり、やがて二人の間に生まれた光明子が聖武天皇の妃に、そして藤原氏出身初の皇后となったのである。また元正上皇（太上天皇）には

夭折した弟・文武天皇の乳兄弟として気楽に話せる間柄であり、宮廷伝来の倭歌をまとめて歌集を作ろうとする歌仲間であった。聖武天皇にとっては実務に厳しい所のある藤原四兄弟との間をうまく取りなしてくれる物分かりの良い伯父さんであった。

天平五年（七三三）坂上郎女は上皇の紹介を得て、大伴家の氏上となった家持を伴って葛城王邸に参上した。以来家持は葛城王邸で開かれる歌の会などに頻繁に顔を出すようになった。葛城王邸で開かれる宴会では、会を盛り立てる世話人として歌の不得意な客に代わって歌を詠むこともあった。事前に主人側の意図を知り、歌の詠めない客人の出身、経歴や希望などを聞いて、過去の似たような場面で詠まれた歌を調べて予め幾つかの歌を作っておく。そして宴の前にその歌を客人へ渡したり、宴の最中に代わりに歌を詠み上げたりする。家持にとっては未知の世界の人を知り、同時に歌の勉強にもなり有意義な役であった。

例えば天平七年（七三五）、陳情のため東国から都へ来ていた大野東人《あずまひと》を主賓にした宴が葛城王邸で開かれた。十年ほど前に将軍藤原宇合は陸奥に派遣され蝦夷と戦って、陸奥の地に守城と政庁を兼ねた『多賀城』を設置した。部下の大野東人は以後も陸奥の第一線に留まって、蝦夷に対する東の備えとなる多賀城（第Ⅰ期）を築いて来た。今回の上京は、陸奥を更に奥へ進めるため先年秋田に築城された出羽柵《でわのさく》と多賀城を結ぶ雄勝道路の開設で、首尾よく朝廷から支援を得て、近く藤原麻呂が持節大将軍として五千の軍団と共に派遣されることが決まった。生来の武人で都風の華やかな宴は苦手という東人は、酒が入り宴も幾分ほぐれて来ると大声を上げて話し始めた。

「四年ほど前、葛城王が按察使《あぜち》（数か国にまたがる地方行政を監督する官職）として陸奥国へ来られた時の話は今でも向こうでは評判ですよ。昼の仕事で現地の役人に不手際があり、その後の宴会でも国司の対応のまずさへの不満が、王の顔から態度にまで現れていました。そこへ以前采女《うねめ》として宮廷に出仕していた女が手に杯を持ち、

**安積香山《あさかやま》影さへ見ゆる山の井の浅き心をわが思はなくに**　（一六／三八〇七）

**この国の安積山の影までも映し出す山の泉のようなそんな浅い心を私は持っていません**

こう詠いながら近づいて舞うと、王はすっかり機嫌を直されましたなぁー」。王の意外な昔話を聞いて、一同声を合わせて囃し立てた。

この話に関連して、葛城王は班田《はんでん》の仕事に携わった時の話をした。

「天平元年（七二九）十一月、班田使に任命され翌年二月末まで山背国（京都府南東部）へ行った。

律令制の下では朝廷は人民が耕作する田を貸与するが、実勢に合わせて死亡者の口分田《くぶんでん》を取り上げ、新たに資格を得た男女に給田するため六年に一度の調査がある。冬の野外で夜遅くまで、少しでも良い田が欲しい人と新たに田畑を開拓した豪族や寺院衆などが大声で争う中での仕事である。私の役目は臨時に派遣された数十人の部下を使って期間内に終える計画を立て、問題があれば部下の相談に乗り法律に沿って調停することだ。

一日の官の仕事が済んでホッとした夜、近くの田で摘んだ芹子《せり》に添えて都の元正帝お付きの女官・薩妙観命婦に歌を送った。

**あかねさす昼は田たびてぬばたまの夜の暇《いとま》に摘める芹子《せり》これ**　（二〇／四四五五）

**昼間は役所の仕事で大変忙しかった、夜やっと暇を見つけて摘んだ芹ですよこれは**

折角苦労して詠み送ったのに、妙観の返歌は正装のまま田に入って芹を摘む私の姿を蟹に譬えて冷やかしたものだった。

**丈夫《ますらを》と思へるものを刀佩《たちは》きてかにはの田井に芹子《せり》ぞ摘みける**　（二〇／四四五六）

**ますらおとお見受けした貴方が太刀を佩びてかにはの田に入って芹を摘んでくれたのですね**

丁度その頃悲しい事件が隣の摂津国（大阪府北東部）で起きた。班田の書紀役・丈部《はせつかべ》龍麻呂が自ら木に首をくくって死んだ。上司の判官・大伴三中《みなか》は突然の部下の死に驚いて本人への同情と家族への申し訳なさを長歌（略）と次の二つの反歌に詠んでいる。

**昨日こそ君は在りしか思はぬに浜松が上に雲とたなびく**　（三／四四四）

**昨日まで君は生きていたのに、今は思いがけず浜松の上に棚引く雲になってしまった**

**いつしかと待つらむ妹に玉梓《づさ》の言《こと》だに告げず往《い》にし君かも**　（三／四四五）

**いつ帰るかとただ待っているだろう妻に、一言も告げることなく君は逝ってしまった**

丈部《はせつかべ》という姓だから多分渡来人で、東国に住み老いた両親それに妻や子とささやかながら幸せに暮らしていたのだろう。ある日突然朝廷に徴用されて宮廷を警護する衛士となり、更に臨時の班田使の書紀になって摂津にやってきた。慣れない土地、慣れない仕事に相談する人も無く、絶望的に忙しい毎日で思いつめてしまったようだ」

他日若い官人の歌の集まりで、葛城王が元正上皇より東国の歌を集めよと命じられた時の状況を聞く機会があった。

「養老元年（七一七）、元正帝の美濃行幸に当時三十三歳の私は随員として同行した。帝は幼いころヤマトタケルの東国での活躍や四道将軍《しどうしょうぐん》（崇神天皇が支配地拡大のため、四将軍に印綬を授けて北陸・東海・西道・丹波方面に派遣した）の話を聞いて、かねてから東国行きを望んでおられた。帝は七年後には陸奥の地に多賀城を置く訳で、東国を単に昔物語の地でなく実際にどんな所か知りたいと思われたのでしょう。しかし当時官道は東海道が尾張まで中山道は美濃まで完成したばかりで、その先は建設途上でした。長い間都を留守にできないと説得された帝には、代わりに東国各地から集める歌で国見して頂くことになった。私は帰ると早速、東国へ行く国司や官人達に、その地で東人の詠った歌やその地を訪れた人が詠った歌を集めよと指示した。しかし最近集って来た東歌は肝心の国名が書いてないとか、方言を書いた漢字の読み方が分からないなど未整備のためまだご覧いただだいてない。

また宮廷の歌人にも東国各地を詠んだ歌を奉《たてまつ》れと指示した。これまでに高市黒人、高橋虫麻呂、山部赤人、田辺福麻呂らから葛飾の真間手児奈の歌や、壮大な不尽山の歌などが集まって来た」

葛城王は参議に昇格してから政治に多忙となり、歌会に出席して倭歌の世界を楽しむとか、元正上皇から依頼された歌集の収集・編纂に割ける時間が減ってきた。歌集の仕事を手助けする若い人が欲しいが、困ったことに倭歌を詠む若い人が減り詠む歌も力弱く類型的になってきた。しかし最近坂上郎女が連れてきた大伴家持という若者は、作歌も上達してきたし珍しく古歌にも親しいようだ。歌集の編纂の役に立つかも知れない、しばらく様子を見ることにしよう。

天平六年（七三四）一月、藤原氏の氏寺・興福寺境内に新たに造営された西金堂の落成式が行われた。光明皇后が母三千代の一周忌を記念して建てた壮大な堂内では、釈迦三尊像を中心に守護する四天王像が太い蝋燭の灯に眩く浮かび上り、仏典を読む多くの僧侶と列席する聖武天皇を始め皇族と藤原一族が集う盛大な行事が一日続いた。

藤原房前は正室の牟漏《むろ》女王と共に自邸に戻ると、亡き大伴旅人から贈られた日本琴を独り弾いていたがやがて側の妻に語りかけた。「お前から葛城王に言ってくれないか、生母三千代が得ていた『橘氏』を継ぐように…」。三千代は前夫美努《みぬ》王との間に葛城王、牟漏《むろ》女王ら兄妹を生したあと離縁して、藤原家の創始者不比等の後妻となったが、牟漏女王を宮廷に出仕させ、死ぬまで支援を惜しまなかった。人の良い実兄・葛城王を日頃小馬鹿にしている房前が、急に丁寧なもの言いをするので不審に思いながら振り向いた。

「長屋王が横死してから、世間では何か変事が起こる度に『長屋王の祟《たた》り』と言い、その矛先がわれわれ藤原四兄弟に向いて来るので困る。元来『橘氏』は元明天皇よりお前達の生母三千代へ、病弱な軽《かる》皇子（後の文武天皇）の乳母としての献身に感謝して一代限り贈られた姓だった。しかし、この際藤原四家が政治の独り占めと言う世間の悪口を避けるため、葛城王に皇族を離れて『橘氏』を創設して貰おうと思う。子孫も天皇には成れなくなるが、実のある仕事ができるし所有する田畑も増え、奈良麻呂など子孫の出世も早くなり妹のお前も橘家出身という箔がつく。橘家を継ぐ有利さが分かればその為に骨折る私に協力してくれるだろう」

「最近うちの真楯《またて》が葛城王邸の歌会によく顔を出しているので、さりげなく王に働きかけてもらいましょう」

二人の三男・藤原真楯《またて》（初名「八束《やつか》」）は当時十九歳、頭脳の明晰さと思慮深さで知られ、三つ年下の大伴家持らと葛城王の歌会に出席する仲間であった。なお藤原不比等の息子が立てた四家のうち、北家・真楯系統は奈良時代後半の藤原四家及び同じ家内の兄弟同士の争いを生き抜いて、藤原氏本流として藤原道長らが平安時代後半の栄華を独占した。

「内々の話だが、いま政権内では兄の南家・武智麻呂《むちまろ》が年の離れた弟、式家・宇合《うまかい》や京家・麻呂を抱き込んで色々無理を通すので、主に内廷（宮内庁に相当）を担当している私は後始末に苦労している。今後も藤原一族に共通の光明皇后系の皇嗣誕生とか氏寺・興福寺造営などでは協力するが、武智麻呂らの武断的なやり方に対し私達北家は葛城王と組んで、より穏やかに目的を実現するようにしたい。

あの長屋王の件でも、やり方が拙速で後にしこりを残した。聖武天皇の妃光明子に生まれた待望の皇子が一歳の誕生日目前に急死し、同じ頃他の妃に安積皇子が誕生した。藤原家側は光明子を『妃』の上の『皇后』にすれば、これから生まれる皇子でも皇太子にできると考えた。だが、その光明子の立后に長屋王が反対したからと、根拠の不確かな嫌疑で本人とその一族を抹殺したのは強引すぎた。惨劇に耳目を塞ぐように、天皇・皇后は若草山の麓に亡き皇子の菩提寺・金鐘寺を建立された。仏教に救いを求めて日々祈っておられる姿を拝見すると、ご同情と申し訳なさで一杯だ」

天平七年（七三五）三月、大使多治比広成らの乗った天平遣唐使第一船の一行が都に帰って来た。昨年春難波港で家持らが盛大に見送った船は、無事役目を果たして帰途九州南端種子島に漂着し、那の津で半年かかって船を修理してようやく難波港に戻って来た。十七年前の養老の遣唐使船で渡り、唐に残っていた留学生吉備真備や僧玄昉らは同船で帰国したが、同じ留学生仲間の阿倍仲麻呂は唐の朝廷で出世し、玄宗皇帝に引き止められて今回帰国しなかった。また共に唐を出発して日本に向かった他の三隻は依然行方不明のままであった。

宮廷の大広間では、彼ら二人が命をかけて持ち帰った大量の書物や仏像などが多くの官人たちに公開された。吉備真備は礼式、暦学の膨大な書と各種楽器・武器など、僧玄昉も多くの仏像と経論五千点を献上した。二人が唐と日本政府が支給する生活費を倹約して一点ずつ購入したこれらの品は、長い孤独な勉強に励んだ跡をもの語っており、厳しい船旅を終えてようやく人々の目の前に現れた。家持は会場の中で、人々に押されるまま訳のわからぬ異国の書や物から漂う香気に酔うように歩きまわった。疲れると隅の席に腰を下ろしてまだ戻らない第二船の大伴古麻呂らの運命を想った。その時、群衆をかき分けて二人の男が現れ、「万歳、吉備真備！　僧玄昉！」と叫ぶ人々に押されて壇上に立った。二人は長い留学で忘れかけた日本語に漢語を混ぜた奇妙な言葉を使って、唐での学業や修業の経過と収集した事物の意義を熱心に説明した。正面の御簾の奥には聖武天皇・光明皇后、両脇には皇族や諸卿、女官らも参列し、末席では若い女官・吉備由利《ゆり》が初めて会う兄吉備真備と玄昉の説明を真剣に聞いていた。

翌日由利は思いつめた表情で唐から帰国した僧による宮子への治療を願い出た。故文武天皇の妃・宮子は首皇子を産んだ直後から重篤な鬱病で宮廷内の座敷牢に隔離され、今は気が利くという評判の由利が宮子の世話をしていた。由利の乞いに応じて僧玄昉が激しく異様な祈祷（『幻術』）を行うと宮子の顔に僅かな表情が現われた。こうして来る日も来る日も祈祷を続けていると、やがて周囲の人々の上げる驚きの声に包まれて、宮子は三十六年間にわたる心の闇から奇跡的に回復し、翌七三六年には聖武天皇との感激的な親子対面が実現した。

翌天平八年夏、第二船が副使中臣名代や大伴古麻呂らを乗せて那の津に到着した。彼らと共に、招請に応じて来日したインド僧菩提僊那《ぼだいせんな》、チャンパ（ベトナム）僧仏哲、唐僧道叡《どうえい》らは行基に迎えられて都入りした。十六年後の東大寺大仏開眼供養会は、彼ら異国の僧が主導して行われた。なお第三船の帰国は七三九年、第四船は難破して行方不明。

房前の支援を得て、政権内での葛城王の地位は急速に上昇した。二人の当面の課題は、光明皇后に残された唯一の子安倍内親王を早く皇太子に即位させること、他の妃に産まれた六歳になる男の安積皇子が皇太子に担がれる前に急がなければならない。指名に力のある元正上皇には葛城王から働きかけた。天平八年冬十一月、房前の強力な後押しで『橘氏』が創設され、皇后宮で開かれた祝宴では元正上皇自ら祝う歌まで披露された。

**橘は実さへ花さへその葉さへ枝《え》に霜降れどいや常葉《とこは》の樹**　（六／一〇〇九）

**橘は実や花やその葉もすばらしく、枝に霜が降っても枯れず永久に栄える常葉の樹です**

以後、葛城王は『橘諸兄《たちばなのもろえ》』（本書でもその名称を使う）と称した。

都で賑やかに祝宴が行われていた頃、人知れず遠い九州に上陸した疫病はやがて勢いを増し翌九年には日本全土へ蔓延して人々を恐怖におとし入れた。

## 十一　聖武天皇の苦悩と大仏造立

天平八年（七三六）暮に帰国した第二十次遣新羅使の運命は悲惨なものであった。遣新羅使は天智帝の六六八年以来数年毎に相互に行き来していた。しかしこの頃朝鮮半島を統一した新羅は意気上がり、宗主国を自認する日本に断わり無く『王城国』と称し、対等な使いを日本へ送ると宣言してきた。日本は従来通り新羅の朝貢を主張して、強硬派は新羅が従わなければ武力行使せよと叫び、外交的に解決しようとする柔軟派と朝廷内で対立を続けた。そのため遣新羅大使・阿倍継麻呂が持参する親書は何度も書き替えられ、天平八年六月の出発式後も船は一か月以上港に係留され、結局風波の厳しい時期に瀬戸内海を渡ることになった。船は途中の周防《すほう》の港を出ると強風で遭難し、豊後の分間浦《わくまのうら》（大分県中津市付近）に漂着した。半壊の船を操って那の津に着き、修理を終え朝鮮へ向け出発したのは秋の終わりだった。

天平九年春早く、遣新羅使が新羅から疫病（天然痘）を持ち帰ったとの噂が広がり、噂の速さと競うように疫病はまず船で九州に上陸し、那の津の港から瀬戸内を行き来する船人を介して西日本一円へ、さらに難波の港から近畿・都へと広がり多くの人たちを死に追いやった。疫病に罹る者は貴賤によらず、熱が出ると瞬く間に全身に痘瘡が現れて衰弱し、哀れな姿で悶死する経過を辿った。家族の中に一人の患者が出ると、昨日まで元気に患者の面倒を見、死者を弔っていた者もやがて発病し、残った家族も同じような経過を辿って亡くなった。人々は無益と知りつつ神仏に祈るしかなかった。

大陸から来た疫病の勢いは朝堂の貴族たちを呑み込み、特に藤原四兄弟は四月に二男藤原房前が亡くなると、七月には陸奥から帰京直後の若い四男麻呂、続いて長男の左大臣武智麻呂、八月には残った三男の宇合と、狙い撃ちされたように次々に発病し同じ経過を辿ってアッと言う間に亡くなった。藤原氏以外にも六月には官の長老多治比県守が死去し、下級官人も次々に欠落して行くので出庁した役人も仕事が手につかず、身近の不幸をひそひそ話して過ごした。世間も初めは『長屋王の呪い』と囃していたが、次第に身近に疫病が迫ってくると、恐れのあまり口もきけなくなった。

辛うじて生きて戻った遣新羅副使・大伴三中は、天平九年春帰国報告をしたいと朝廷に申し入れたが、この頃一段と政務に忙しくなった橘諸兄は対応できなかった。三中が「わしらを疫病神と思っているのか！」と嘆いていると聞いて、歌会に集まる若い官人たちに詳しい話を聞くように頼んだ。三中はようやく設けられた宴席で志半ばで亡くなった多くの遣新羅使仲間がどんな苦労したか、またその苦労の中で詠んだ歌を紹介するのが生き残った者の使命だと涙ながらに訴えた。

「瀬戸内海で遭難した船が豊後の分間浦《わくまのうら》に漂着すると、航路を占う役の雪連宅満《ゆきのむらじやかまろ》は自らの運の無さを嘆いて詠いました。

**大君の命《みこと》かしこみ大船の行きのまにまに宿りするかも**　（一五／三六四四）

**大君のご命令のままに大船に任せて、浮き寝の宿りを続けるこの日々よ**

太宰府近くの那の津に着いて一か月かけて船を修理し、新たな気持ちで新羅へ向けて出航した。しかし船は荒い風に戻されて志摩の韓亭《からどまり》、松浦の狛島亭《こましまのとまり》に船泊《ふなはて》する日を重ね、ようやく壱岐に着いた。そこで宅満はホッとしたのか、鬼病《えやみ》に遇《あ》いて急に死去《みまか》ったので、副使大伴三中が悼んで詠った。

長歌　　現代語訳のみ　（一五／三六八八）

大王《おおきみ》の遠の朝廷からの使いとして韓国へ渡る貴方は、家族が神を斎《いわ》わなかったからか、自分でも過ちしたからか、秋が来たら還って来ると母に告げ都を出てから、その秋も過ぎ月日も経ったので、今日は帰るか明日は帰るかと、家の人は待ちわびているだろうに、遠い国に未だ着かず大和をも遠く離れて、岩だらけで荒涼とした島の影を、宿にして身を休めている君よ

反歌

石田野《いはた》に宿《やどり》する君家人《いへびと》のいづらと吾《われ》を問はばいかにいはむ　（一五／三六八九）

壱岐の石田野に永眠した君よ、故郷の人が君はどこかと聞いたら何と言えば良いのだろう

次の対馬でも風待ちで浅茅浦《あさじうら》、竹敷浦《たけしきの》を転々し、あせる心を抑えて大使、副使、大・小判官…、と歌を詠って都を偲んだ。

あしひきの山した光るもみち葉《ば》の散《ち》りの乱《まがひ》は今日にもあるかも　大使（一五／三七〇〇）

山の日陰の方まで光り輝いて黄葉《もみちば》が散り乱れる頃というのは、まさに今日なのですね

百船の泊《は》つる対馬の浅茅《あさじ》山時雨《しぐれ》の雨にもみたひにけり　副使三中（一五／三六九七）

多くの船が停泊する対馬の浅茅山、時雨の雨で黄葉してしまった（出発したのは六月…）

その席に招かれた対馬の玉槻《たまつき》という娘子の歌

もみち葉の散ろふ山辺ゆこぐ船のにほひに愛《め》でて出でて来にけり　（一五／三七〇四）

**黄葉の散りしきる山辺に沿って漕ぎ行く船、黄葉に映えた美しさに惹かれて出て来ました**

次の歌は大使が帰途の再遊を期待して詠んだが、叶わず新羅で亡くなった。

**玉敷ける清き渚を潮満てば飽かず吾《われ》行く還《かえ》るさに見む**　　大使（一五／三七〇六）

**玉を敷いたような渚に潮が満ちたので名残惜しいが船出して行く、還るときにまた見よう**

苦労の末にようやく着いた釜山の客館では遂に大使も病に臥し、新羅の都に連絡状を送るが回答は来ない。天然痘が新羅国内でも大流行し、続出する死者のため日本の使者に対応できなかったのだろうか。異例の状態が一か月以上続き、やがて大使も亡くなり船の雑夫にも疫病で亡くなる者が続出し、遂に天皇の書状を新羅王に渡せないまま帰国することにした。帰国途中も死亡者が続出したので那の津に着いたのは私たち四、五人だった」

三中は長時間かけて官人達に苦労の一部始終を伝え終えると肩の荷を降ろしたように、これ以上遣新羅使のことに関わりたくないと言って、持参した長歌と短歌百四十余首すべて家持らに託して帰った。以後大伴三中は官吏として、天平十八年長門守・従五位下に昇叙されている。

葛城王が橘諸兄に改名してから僅か半年強の間に藤原家の四兄弟が疫病で一挙に死亡

し、実質的に朝廷を代表する立場になった諸兄は聖武天皇と図って、田租《でんそ》・出擧《すいこ》（春に種籾《たねもみ》を貸与し収穫期に利子を付けて返却させる制度）を免ずる詔を発し、更に新しい参議二、三人を補充して応急体制を整えたのは九月になっていた。天皇が強く意欲を燃やす唐風制度や仏教文化の導入には、唐から帰国した吉備真備と僧玄昉を用いて対応させた。秋には諸国へ国分寺・国分尼寺の建立を命じる詔を発し、皇后は寺に納める一切経の写経作業を進めた。翌天平十年一月、阿倍内親王の皇太子即位を実現して故房前との約束を果たした。

この頃成人に達した家持は内舎人《うどねり》（高位の子弟から選抜された天皇の身辺警護役）となり、宮中で安積親王に仕える役を命じられた。十歳になる安積親王は聖武天皇に残された唯一の男系皇子だが、生来病弱の上に母方に有力な後ろ盾が無いので将来に不安を持つ日々を送っていた。現皇后を擁する藤原氏側としては阿倍内親王の皇太子即位は実現したが、更に天皇を狙う上で障害になりそうな存在であった。

こうして曲りなりに形を整えて動き出した天平十二年八月、朝廷に突然思いがけない糾弾状が太宰少弐藤原広嗣から届いた。『近年の日照りなど凶行続きの日本は吉備真備と僧玄昉を重用する政治に責任がある。是を正すため、近日中に西国の兵を糾合して都へ攻め上る』とあった。広嗣は藤原式家・故宇合の長男で昨年大和守に任じたが、藤原他家の人々と軋轢を生じたのでこの春都から遠い太宰府の少弐に遷任させた。聖武天皇は、広嗣が皇后一族であることに配慮して、少弐といっても現在は大弐も帥も不在なので実質的に帥に等しい権限を持つ地位を与えたのに、恩に恨みで返すような振る舞いに我慢ならなかった。

直ちに蝦夷と戦って陸奥から戻ったばかりの大野東人に一万五千の兵を預け、広嗣討伐のため西下を命じた。さらに広嗣が西国で兵を挙げた報が入ったが、意外にも天皇は十月末より数百の従者を連れて美濃行幸と称して都を離れ、これに内舎人として家持も同行した。広嗣は天皇が激怒し制圧のため大軍を派遣したことを知ると、戦意を喪失し緒戦の北九州・板櫃川の戦いで簡単に捕えられた。世の政治を正すと言っても彼には都の政治から疎外された被害者意識しか無かった。現地の大野東人から広嗣逮捕の知らせが入ると天皇は直ちに斬れと命じ、これで都へ戻れるという周囲の期待に反し予定通り行幸を進めた。

伊勢の河口行宮《かりのみや》にて内舎人大伴家持の歌

**河口の野辺にいほりて夜の歴《ふ》れば妹の袂《たもと》し思ほゆるかも**　家持（六／一〇二九）

**河口の野のほとりに仮の宿りをして夜が更けると、都に残してきた妻の手枕が思われる**

数日後、朝明《あさけ》行宮にて聖武天皇の詠まれた歌

**妹に恋ひ吾《あが》の松原見渡せば潮干の潟に鶴《たづ》鳴き渡る**　聖武天皇（六／一〇三〇）

**都に残してきた皇后を恋しく思いつつ、吾が松原を見渡すと干潟を鶴が鳴き渡っている**

従者はこの行幸の行く先を知らないまま伊勢から美濃の不破へと進み、やがて七十年前の壬申《じんしん》の乱で大海人皇子（後の天武天皇）が兵を進めた路を辿っていることを知った。一行は志賀の旧都を迂回して、年の暮れには山背国・泉川（現木津川）のほとりに開けた恭仁の地に到着した。天皇は急いで整地した場所に多くの官人を集めた新年の賀で、「今からこの地に宮殿を建設し、奈良にある都を遷して『恭仁京』とする」と宣言して人々を驚かせた。一行が大回りして着いた恭仁の地は木津川・宇治川を通して難波津への水運に恵まれており、周りは高い山に囲まれているが、急いで歩けば僅か一日で旧都奈良へ行けるほど近かった。しかし官人たちが落ち着いて仕事をするよう、旧都奈良との往来は厳しく制限されたので新婚の若い家持には恨めしかった。

**関無《せきな》くは還《かへ》りにだにも打ち行きて妹が手枕《てまくら》まきて宿《ね》ましを**（六／一〇三六）

**関が無ければちょっとだけでも家に帰って、妹（妻）の腕を枕にして寝たいものだ**

家持も多くの官人たちと急造の狭い建物に雑居して、次々に指示された仕事に追われる侘しい毎日で、新妻の大嬢へ、官の定めで奈良へ行けないと詠って詫びるしかなかった。

**春がすみたなびく山の隔《へだ》つれば妹にあはずて月ぞ経《へ》にける**（八／一四六四）

**私達の間は春霞のたなびく山で隔てられて、貴女に会えずに幾月も経ってしまいました**

こうして一年ほど経った天平十五年には朝堂や付属の建物も徐々に出来上がり、官人たちの振る舞いも少しは雅やかになった。家持はこうした恭仁の地を誉めて歌を詠んだ。

**今つくる恭仁の王都《みやこ》は山河のさやけき見ればうべ知らすらし**（六／一〇三七）

**山河の清らかさを見れば、ここに恭仁の都を造り君臨されるのはもっともなことです**

家持は病弱な安積親王が健やかに成長されるように、なるべく宮廷の外へお連れして、歌を通して多くの人と交じわるように勧めた。天平十五年十一月、安積親王と同行して左少弁藤原八束（後の真楯）の家で宴会し詠った。

**ひさかたの雨はふりしけ思ふ子が宿に今夜《こよひ》は明《あか》して行かむ**　家持（六／一〇四〇）

雨は降り続けるがいい、私は親しく思う人の家でこの夜を明かして帰ろう

春日野に時雨ふる見ゆ明日よりはもみちかざさむ高円の山　藤原八束（八／一五七一）

春日山に時雨が降っている、明日には高円山の木々が紅葉して髪飾りのようになるだろう

聖武天皇が恭仁京で苦闘している間にも、光明皇后は四十歳を過ぎてもう皇子誕生を望めない年齢になり、何とか病弱な天皇が健在のうちに娘・阿倍内親王を皇太子、さらに次期天皇にするという難問を抱えていた。聖武は父・文武、祖父・草壁と二代続けて夭折し、自身も病弱なので後継の心配をされておられるであろう。私はこのまま阿倍内親王の即位を待つだけで良いのだろうか…。古来我国では女帝は次の男帝までのつなぎとされていたが、近年持統天皇、元明天皇、元正天皇の三代の女帝は立派に勤められた。また先頃唐から帰国した吉備真備によれば、有史以来女帝のなかった中国でも高宗の后・武が帝位に登り立派な政治を行ったと言う。少々反対する者が居ても、堂々と立派な政治をやれば良いのではないか。こう考えると皇后は女官長の牟漏女王《むろのおおきみ》を呼んで、阿倍内親王の今後について相談を持ちかけた。牟漏女王《むろのおおきみ》は皇后の義理の姉（母三千代の前夫時代の娘）であり最も信頼していた亡兄・房前の妻でもあった。後宮での勤務が長く藤原の四家に目配りができ

るし、余計な事を多言しないので無漏《むろ》女王とも言われていた。

「総領家の長男・豊成は博識と評判ですが大人しく分を守るだけで頼りになりません。北家、式家、京家の二代目は何れもまだ二十歳を過ぎたばかりで…。南家の次男・仲麻呂は才覚と度胸があるようです。私の娘宇比良古《うひらこ》は仲麻呂の妻で、最近女官として後宮に出仕しています。私達母娘は皇后の意に沿って勤めますので、安心して仲麻呂にその役を与えて下さい」

仲麻呂は次男で多少昇進が遅れていたが、天平十年（七三八）、阿倍内親王の皇太子が実現した頃には表だって彼の行動に異を唱える者はなくなり、皇后宮に頻繁に出入りして皇后や内親王と親密になり着々と成果を上げていた。天平十三年（七四一）、唐から帰国した吉備真備を東宮学士に任じて、内親王に即位後必要になる漢学、特に「漢書」や「礼記」を教授させ、一方翌年には元正上皇臨席の大嘗《だいじょう》祭の宴で、内親王に『五節舞《ごせちのまい》』（天武帝の頃、吉野に天女が現れて袖を五度振って舞った伝説による）を披露させ、皇太子として内外に認めさせた。こうして仲麻呂自身も天平十五年（七四三）参議・公卿へ昇進し、地位の上昇につれて押しの強い自信に満ちた男の魅力も身に付けて、内親王からの個人的な好意も確かにしていった。

その後も順調に出世を続けて、七四六年式部卿へ上り、次第に政権を握る橘諸兄と対立する勢力に成長していった。

奈良時代初期、僧侶は国家機関として朝廷が定め、仏教の一般大衆への布教を禁じられていた。行基は百済から来た漢系の渡来人として和泉国（大阪府堺市）に生まれ、始め法相宗の教学を学ぶがやがて山林修業に入り、呪力・神通力を身に着け三十七歳で山を出て民間布教を始めた。禁を破って畿内を中心に下級官人、豪族層を始め一般民衆に広く仏法の教えを説き篤く崇敬された。また道場・寺を多く建てたほか、農の基盤を築くため灌漑施設（ため池や溝・堀）や橋を作り、困窮者のための布施《ふせ》屋などの社会事業を各地で行った。最初朝廷から『小僧行基』と名指しで布教活動を禁圧されたが、次第に都に在住する下級官人層や商工業者へと信者を拡げて行った。行基の影響力を無視できなくなった朝廷は弾圧を緩和し、その指導で墾田開発や社会事業が進展した。彼の力をまず認めたのは光明皇后で、自身仏教に篤く帰依して貧しい人に施す「悲田《ひでん》院」や医療施設の「施薬《せやく》院」を設置して慈善を行っていたからである。

天平八年（七三六）、遣唐使と共に来朝したインド僧菩提僊那《ぼだいせんな》、チャンパ僧仏哲、唐僧道叡らを難波の港に迎えに行き、翌年朝廷より行基大徳の称号を貰った。

天平十三年（七四一）、聖武天皇は恭仁京郊外の泉橋院で初めて行基と会見したが、畿内各地で実践活動を続けている行基は七十歳過ぎとは思えない元気な笑顔を見せていた。天皇はその容姿に親しみを覚えて、今悩んでいることを素直に話した。

「天皇の地位にある者は、国のありよう全てに責任を持つ。近年、飢饉、疫病の流行、地震の続発などで民が苦しんでいるのを見聞きするにつけ、夜も眠れぬ日が続いている。玄昉が唐から持参した『金光明最勝王経』によれば、この経を広めまた読誦して正法をもって国王が施政すれば国は豊かになり、四天王を始め諸天、善神が国を護ると言う。朕は仏に帰依し以て民を救おうと、都に盧舎那仏を造営し諸国に国分寺を建てて一切経を納めよと詔を発した。だが推進役の玄昉は失脚し、国も地方政府も金が無いというばかり、計画は殆ど進んでいない」

「…」

「この計画はそもそも天武帝の意を承けた持統天皇のご遺言で、その後祖父の草壁親王、父の文武帝と何れも若くして亡くなり実現出来なかった。わが子『基』は誕生日を迎える前に亡くなり、安積親王の健康も覚束ない。何とか私の代で目途を付けたいが残された時間はどれほどかと気が急《せ》くばかり。先日も重い病に臥し、皇后が新薬師寺建立を誓って祈ってくれたお蔭でようやく回復した。盧舎那仏造立の遅れを叱責されたのか、先年疫病で藤原四兄弟を始め多くの要人が亡くなった。人心を一新するためこの地に恭仁宮を作って遷都したがそれでも思うように進まない。旧難波宮に都を移すべきかとも思っている」

「私達は、仏への信仰を共にする信者仲間や彼らによる団体行動、更には彼らによって供出された財産や労力などを『知識』と言い、周辺に住む土豪や一般の民衆が夫々の財と努力を僅かずつ持ち寄って建立した寺を『知識寺』と言います。天皇がお考えを実現するには、一度国と言う枠を外して民の一人一人を知識に結集し、協力して大仏を作るように考えたら如何でしょう。そうすれば我々も一緒に協力することができます」

聖武天皇は行基との会談を契機に、迷いを捨てひたすら大仏造営へ向けて進むようになった。行基は大仏造営の『勧進』(信者や有志者にその費用を奉納させ、人々を仏道に導き善行を行わせること)に起用され、弟子らと共に近江・紫香楽《しがらき》の地で銅鋳物による仏像の試作を行った。間もなく像は出来上がったが、それから本物の大きさの像を造ろうと計算すると、天皇の予想をはるかに越える量の銅と銅を溶かす燃料の木炭、製作に従事する多数の鋳込み作業者が要ることが分かった。さらに銅製仏像の表面を金色に輝かす莫大な量の黄金については全然入手の目途が立たなかった。

天平十五年（七四三）、正式に盧舎那大仏造営が発願され、多くの人の協力が得られる奈良に都を戻し金鐘山寺に大仏を造立することになった。銅を産する国には大量に増産して都へ運ぶこと、全国各地隈なく金鉱を探すことを命じた。そして天平十八年大仏に使う黄金を購入するため遣唐使船（大使・石上乙麻呂）の派遣を決めた。また増大する盧舎那仏造立費用を賄《まかな》うため、天平十九年、地方有力豪族に米や土地を献上すること、大量の費用を献上した者には位を授ける詔《みことのり》を発した。これも『知識』に含めた。

天平十七年（七四五）、行基の勧進における働きを評価し我国初の『大僧正』に任命した。天平二一年（七四九）一月、聖武天皇は皇后、内親王と共に行基による『戒』を受けて仏弟子となった。同二月、行基は念願の大仏完成を見ることなく入滅した、八十一歳。

## 十二　安積親王の死と初期万葉集

天平十六年（七四四）閏《うるう》一月、一部では阿倍内親王の対立候補と目されていた安積親王が慌しく恭仁京で薨去された。親王は父・聖武天皇の行幸先の難波宮へ行くことを知らされると、久しぶりにお逢いできると喜んでいた。しかし難波宮に着く直前に激しい脚病《あしや》みの症状を起し、急いで恭仁京に戻った直後の余りに突然の死だった。官人の間では弱った親王を戻すべきでなかったとか、毒殺されたのでは…など、無責任な噂が広まりさえした。

家持は親王の病状が急速に悪化し薨去されるのを、傍で呆然と見ているだけで何の役にも立てなかった。自分を信頼して近臣とされた天皇に対する申し訳なさと自分の非力さを恥じて、出仕しても覚束なく、寝床に入っても後悔ばかりが頭に浮かんで眠れない日が続いた。親王は生来体が弱かったとは言えまだ若く、僅か一か月前には新年を喜び歌仲間と共に親王宮裏手の活道岡《いくぢのをか》に登り、一株の松の下《もと》に集って親王の長寿を願い飲《うたげ》して詠ったばかりだったのに…。

**一つ松幾代か歴《へ》ぬる吹く風の声の清《きよ》きは年深みかも**　　市原王（六／一〇四二）

**この一本松は幾代を経て来たのだろう、吹く風の音が清らかなのは年を重ねたからだろうか**

**たまきはる命は知らず松が枝を結ぶこころはながくとぞ思ふ**　家持（六／一〇四三）

**命の長さは知らないが、ただこうして松の枝を結ぶ私の心はぜひ長く続いてほしいと願う**

たまきはる：命にかかる枕詞

こうした気鬱がしばらく続いたが、やがて心が鎮まり立ち上がって身の回りを見る余裕が出て来た。そして、なすことも無く亡くなった若き皇子の無念さを想って、二月三日に挽歌を詠んだ。長歌　（三／四七五）省略

**あしひきの山さへ光り咲く花の散りぬるごときわが王《おほきみ》かも**　（三／四七七）

**山一面に照り輝き咲き誇る花が散るように、徳高い親王がにわかに亡くなってしまわれた**

さらに自分の気持ちを落ち着かせるため、三月二十四日重ねて詠んだ、

**大伴の名に負《お》ふ靫《ゆぎ》帯《お》びて万代《よろずよ》にたのみし心いづくか寄せむ**　（三／四八〇）

靫：背に負う形の矢筒、武門大伴家の象徴、あしひきの：山にかかる枕詞

**大伴氏代々の名誉ある靫を身につけ永遠にと頼んでいたこの心をどなたに寄せるべきか**

これらの挽歌を詠み終えると、家持は胸のつかえが取れたように少し気が軽くなった。

橘諸兄は安積皇子急死の衝撃で家持が憔悴していると聞いて、気の毒にまた少し申し訳

なく思った。突然の広嗣の乱で慌ただしく平城京を出てから四年、新都建設で混乱する宮廷内で新婚の家持に難しい仕事を続けさせてしまった。この際奈良の自宅に戻してしばらく休養させようと考えた。その間に元正上皇の宿題である歌集作りを進めてくれたら、上皇の元気なうちに献上できるかもしれない。歌集作りは諸兄の歌会で家持の先輩の大原今城、田辺福麻呂、大伴池主らが分担して進めていたが、完成がずるずると遅れていた。橘諸兄から「歌集はほぼ出来上がっているので、一寸手伝って欲しい」と言われ、家持は軽い気持で引き受けたが、先輩たちに聞くと日常の仕事の片手間に処理できない難しい問題が前進を阻んでいたのである。

天智天皇、天武天皇の頃までの倭歌は、大勢の人に口誦され詠い継がれるうちに自然に洗練された歌が残り、平凡な歌は淘汰されていった。持統天皇の頃柿本人麻呂は倭歌を漢字で書き残すことに成功したが、まだ歌の作者は少なく作歌の場面も主に皇室の行事に限られていた。従って各帝の御代で詠われた倭歌を集めて順番に綴れば、簡単に歌集にすることができた。しかし文武、元明、元正帝を経て現在（聖武帝の初期）に至ると、宮廷歌人以外にも多くの人たちが様々な場面で歌を詠み、さらに下級官人や各地の無名の人々が詠った各種古歌集、東歌、防人の歌、遣新羅使の歌などが残るようになった。問題はこうして入手した多くの歌の中から、どんな基準で歌を選んで歌集に載せるかである。個人歌集ならその人が好きな歌を選んで好きな順序に並べれば済む。しかし元正上皇に差し上げる歌集では、どんな歌を選ぶか…、歌の説明は…、並べる順序は…などの点で上皇に相応しく、かつ上皇に認められた歌集として多くの人を納得させるものでなければならない。そういう事は上皇の側に居て気心を御存知の橘諸兄には簡単に思えるかも知れないが、若い自分達にはなかなかの難問で安易に手を出せるものではないというのである。

結局家持は歌と人生経験の豊富な坂上郎女と相談して、次のような方針で進めることにした。上皇の御年齢を考えて短期間に仕上げることを優先し、新しく組み込む文武天皇以降の歌も、基本的には従来の部立て（分類の枠組み）に従い雑歌・挽歌・相聞・比喩で分類する。ただこの期の高橋虫麻呂、山上憶良、大伴旅人、山部赤人、笠金村、坂上郎女らの雑歌と相聞歌は春・夏・秋・冬の四季に別けて一巻に掲載する。問題は坂上郎女が元正天皇に差し上げた『遠の朝廷の歌』の扱い方である。その内の一部はこの期の主な歌人として他の歌人の歌と同様に分類して掲載するが、『梅花の宴』の歌、『日本挽歌』、憶良晩年の漢詩風の歌などは、それぞれが緊密に関連した歌群なので歌を一つずつ取り出すと、歌の流れや雰囲気が壊れる。従ってこれらは一まとめの歌として独立した巻に一緒に入れたい。

また東歌は、元正帝が東国行幸の代わりに京の宮廷内で東歌を読んで国見するためには、何処の国の歌か分からないと困る。これまで集めた歌から稚拙な歌を除くと二百余首あり、使われた言葉から国名を推定できる歌は三分の一弱で、

多摩川に曝《さら》す手作《てづくり》さらさらに何そこの児のここだ愛《かな》しき　（一四／三三七三）武蔵

多摩川にさらさら手作りの布をさらすよ、今さらながらこの娘の何と愛しいのか

足《あ》の音《おと》せず行かむ駒《こま》もが葛飾の真間の継《つぎ》橋やまず通はむ　（一四／三三八七）下総

足音のしない馬がいたらなあ、真間の継橋を毎日でも通って逢いに行けるのに

信濃道《しなのぢ》は今の墾道《はりみち》刈株《かりばね》に足踏ましなむ履《くつ》着《は》けわが背《せ》　（一四／三三九九）信濃

信濃道は最近開拓されたばかり、切り株を踏んで足をケガしないよう履物をはいてあなた

日の暮《ぐれ》に碓氷《うすひ》の山を越ゆる日は夫《せな》のが袖《そで》もさやに振らしつ　（一四／三四〇二）上野

（防人になって）碓氷峠を越える日に、夫は良く見えるように大きく袖を振ってくれた

三分の二の歌は国名が不明（未勘国）である、

稲搗《つ》けばかかる吾《あ》が手を今夜《こよひ》もか殿の若子《わくご》が取りて嘆かむ　（一四／三四五九）

稲をつくのであかぎれになった私の手を取って、今夜も若様は気の毒がってくれるかしら

これでは上皇の希望に叶わないし、今から調べても簡単に分かりそうもない。

また柿本人麻呂歌集、高橋虫麻呂らの個人歌集、詠み人知らずの古歌集、大伴三中らの遣新羅使の歌、中臣宅守と狭野弟上娘子の相聞応答歌など、従来の枠組みに入らない歌は今回の歌集から外して次の機会を待ちたい。

結局現在までに収集された歌から除外する歌を差し引いた千余首を今回の歌集に載せるとして、長歌と短歌を混ぜて一巻に二百首ほど、全体で六巻ほどになるだろうか…。

家持はこうした歌集作りを通して先人の多くの歌を読み、改めて自分の歌の狭さ・未熟さ・独自性の乏しさを痛感した。そしてこのまま都の人たちとの狭い歌の世界に居るより、地方の国司などをして経験を積み、自分らしい歌を作り上げて行きたいと思うようになった。一方妻の大嬢は折角夫が家に帰ってきたのに、連日母の坂上郎女と同じ部屋で長い間一緒に仕事をしているのが気になっていた。自分の歌の未熟さを感じているので二人が居る部屋には入り辛い、外から二人が仲良く話しているのを見ては独り落ち込むことが多かった。

坂上郎女に協力してもらって歌集の草案を仕上げると、家持は恭仁宮に戻って橘諸兄に提出した。

諸兄は歌会のメンバー達に回覧し修正した後体裁を整えて上皇に献上した。その時「聖武帝初期の時代までの歌を集めて作成しましたが、いずれ東歌など今回漏れた歌についても何とかしたいと思っています」と申し上げると、上皇はこれまでの努力を嘉《よみ》された上で「いずれこの歌集をわが子とも思う聖武の代の歌と合わせて、一つの歌集としてまとめて欲しい」と言われたという。

天平十七年（七四五）四月、美濃大地震。恭仁京でも三日三夜余震が続き人心定まらず。五月、これを契機に恭仁京、難波京、紫香楽宮の間で迷走していた都を平城京に戻すことに決定した。官人、職人等多くの人々はこの決定を歓迎した。

天平十八年（七四六）年一月、白雪が多く降り地に数寸積もった。左大臣橘卿と大納言藤原豊成朝臣は諸王臣を率いて、元正上皇の御住居・西院に参上して雪掃きを申し出た。終わると上皇は大臣参議並び諸王を西院の上段へ、諸卿大夫を下段に侍《はべ》らして酒宴を開かせた。そして「この雪を歌に詠め」と仰せられ、上位者から順に二十余人が奏上した。この時家持は、記憶に残った歌五首と参列した全員の職名・氏名を記している。

**ふる雪の白髪《しろかみ》までに大君に仕へまつれば貴くもあるか**　左大臣橘諸兄（一七／三九二二）

**降り積もった雪のように髪が白くなるまで大君にお仕えでき畏れ多くも有り難いことです**

**新《あたら》しき年のはじめに豊の年しるすとならし雪の降れるは**　葛井《ふじい》連諸会《もろあひ》（一七／三九二五）

**年の初めのこの雪は豊年満作の験らしい、きっと今年は良い年でありましょう**

**大宮の内にも外《と》にも光るまでふれる白雪見れど飽かぬかも**　家持（一七／三九二六）

**御所の内も外も一つになったように輝くほど降り積もった雪はいくら見ても見飽きません**

この時家持は遠くから、元正上皇が席に残って最後の自分の歌まで聞かれた様子を見ていた。こうして家持は崇拝する老齢の上皇との恐らく最後と思われる交流が実現したので、もう都に思い残すことは無かった。

## 十三　家持　越中国司で詠う

天平十八年六月、家持は越中守に遷任された。妻の大嬢は昨年子供を生んだ後の肥立ちが悪かった所へ突然遠地に赴任すると告げられて不満だったが、家持は自分一人でも行くと言い張って結局そうなった。大嬢が姿も見せず気まずい面持ちで都を出て行く家持を、坂上郎女は気をもみながら見送った。

**草まくら旅ゆく君を幸《さき》くあれと斎瓶《いはひべ》すえつ吾《あ》が床《とこ》の辺に**　坂上郎女（十七／三九二七）

**赴任の長旅をどうぞご無事でと、私の寝床のそばに斎瓶を据えて毎日祈っています**

越中では橘諸兄邸の歌仲間であった大伴池主が一足前に越中掾として赴任しており、国司館（現富山県高岡市）で歓迎の宴を開いてくれた。都より遠路はるかの地での思いがけない再会を喜んで歌を詠み合った、豊かに実った秋の田を巡って、池主が摘んで来た女郎花《おみなえし》が宴会の主役であった。

まもなく大伴池主は大帳使として上京し、十一月帰って来た。都では越中砺波《となみ》郡の連志《むらじ》留志の庄園に関する部分を指摘され、翌年四月家持が正税使として上京して説明する必要があると言うことだった。

正税帳：国司が毎年太政官に提出する帳簿のうち、当時の地方政治・財政を把握する最も基本的な資料である正税の収支決算書。

家持は着任早々こそ張り切っていたが、次第に都の妻恋しさや慣れない仕事の苦労が重なって孤独感から元気が無くなっていった。重ねて初めて迎える雪国・越中の厳しい寒さで風邪をこじらせて高熱を発し、一時は死の淵を見るほど憔悴した日が続いた。愛しい妻を残して独り遠地に来たことを悔やんで、

**世の中は数なきものか春花の散りのまがひに死ぬべきおもへば**　（一七／三九六三）

**人生とははかないものだ、春の花の散り乱れる時に死ぬのだろうと思うと**

**山川のそきへを遠みはしきよし妹を相見ずかくや嘆かむ**　（一七／三九六四）

**都を遠く隔てた辺境の地で、愛しい妻に逢うこと無く病と戦いつつこのように嘆くとは**

三月の強い北風が夜通し吹き荒れた翌朝、越中にも突然春が訪れた。病の床から起きた家持はまぶしい陽光に誘われて、久しぶりに国守館を出て外の空気に触れた。まだ体はふわふわ浮くように感じたが、少し歩くと目の前に海が広がっていた。右手の白波の打ち寄

せる海岸は大きく弓なりに遥か彼方まで伸びて湾を形成し、その後ろには一面の青空を背景に真白く輝く山並みが巨大な屏《へい》のように迫っていた。立山連峰の神々しく雄々しい山容を前にして突然涙があふれ止まらなかった。振り返ると後方には穏やかに広がる布勢水海《ふせのみずうみ》（やがて堆積や干拓で陸地化し現在は僅かな水路を残して氷見平野の一部になる）の向こうには、うっすらと緑色をおびたなだらかな山があった。さほど高くはないが故郷・奈良の南西に聳える雌雄二つの峰を持つ二上山《ふたがみやま》と同じ名で懐かしかった。昨日まで、ここ越中は寒く淋しい土地と思っていたが、今日はまたなんと美しい春の風景なのだ、是非この感動を歌に詠んで都の仲間に伝えたい。越中の山や川、海など自然の美しさ素晴らしさを描きその背後に存在する神への尊敬と感動を詠み伝えるのだ。家持は胸の高鳴るのを抑えかねて、館に帰るとさっそく歌作りに取り掛かった。池主は山部赤人の『不尽山の歌』を手本にしようと提案した。

山部宿祢赤人、不尽山を望める歌

**天地の分《わか》れし時ゆ神《かむ》さびて高く貴き　駿河なる布士《ふじ》の高嶺《ね》を天《あま》の原ふり放《さ》け見れば　渡る日の影《かげ》も隠《かく》らひ照る月の光も見えず　白雲もい行きはばかり時じくぞ雪は降りける　語り継《つ》ぎ言い継《つ》ぎ行かむ不尽の高嶺は**

（三／三一七）

田児の浦ゆうち出でて見れば真白にぞ不尽の高嶺に雪はふりける　（三／三一八）
田子の浦を過ぎると目の前に、真白になるほど、富士の頂きに雪が降っている

長歌は、（五音＋七音）の句を任意に連ねる形式で、これは漢詩の『賦』に似ている。『賦』と名づけて状景や感慨を述べ、続いて反歌を一～二添える形にした。感激の新しいうちにと思って、家持は僅か一ヵ月の間に二上山、布勢水海、立山を詠んだ三つの賦を作り、池主もそれに和《こた》えて布勢水海、立山の賦を詠んで、互いに称賛し批判し合った。

三月三十日、二上山の賦　短歌のみ次に記す

玉櫛笥二上山に鳴く鳥の声の恋しき時は来にけり　（一七／三九八六）
二上山に鳴く鳥の声に、ついつい心ひかれてしまう季節がやって来たことだ

四月二十四日、布勢水海に遊覧する賦　短歌のみ次に記す

布勢の海の沖つ白波あり通《がよ》ひいや毎年《としのは》に見つつ偲《しの》ばむ　（一七／三九九二）
布勢の水海の沖の白波が絶えず打ち寄せるように、ここに何度も通いこの眺めを賞でよう

四月二十七日、立山の賦と短歌　（一七／四〇〇〇）

天《あま》ざかる鄙《ひな》に名懸《か》かす越《こし》の中国内《なかくぬち》ことごと　山はしも繁《しじ》にあれども川はしも多《さは》に逝《ゆ》けども
皇神《すめがみ》の領《うしは》き坐《いま》す新川《にひかわ》のその立山《たちやま》に　常《とこ》夏に雪降り敷きて帯《お》ばせる可多加比《かたかひ》川の　清き瀬

に朝夕《よひ》ごとに立つ霧の思ひ過ぎめや　あり通《がよ》ひいや年のはに外《よそ》のみもふりさけ見つつ　萬代の語らひ草《ぐさ》といまだ見ぬ人にも告げむ　音のみも名のみも聞きて羨《とも》しぶるがね

田舎でも名高い越中の国はいたる所に山はあり川も多く流れているが　国つ神が鎮座している新川郡の立山は夏と言うのに雪が降り積もっていて　山裾を流れる片貝川の清らかな瀬に朝夕ごとに立つ霧のようにこの山を思い去られようか　通い続けてずっと毎年遠くから仰ぎ見て万代の語り草としてまだ見ぬ人に話してやろう噂を聞くだけでも羨ましがるだろう

立山に降り置ける雪を常夏に見れども飽かず神《かむ》からならし　（一七／四〇〇一）

立山に降り積もっている雪は夏の今見ても飽きない、それは山の神々しさのせいだろう

一か月ほど叙景歌に集中したが長歌の難しさを痛感し、改めて柿本人麻呂や山部赤人ら先人の長歌の格調の高さ、歌の技量の素晴らしさに感心すると共に、今後の精進を誓った。

地主が都で指摘されて来たので家持は体調が戻ると急いで飛騨国との境にある砺波《となみ》郡の連《むらじ》志留志宅を訪ねた。しかし病み上がりの身体には遠路の無理があったようで、話し中に体調が悪くなりその家で寝込んでしまった。翌朝志留志は枕元に見舞いに来て世間話を

始めたが、昨年調査に応じなかったのは、雪深い山郷で大変な苦労をして逃亡民を使って小矢部川流域に大きな庄園を開拓したが、次の班田調査で国に取り上げられるのが怖くて…と口を滑らした。家持は四年前に施行された『墾田永世私有令』を読み聞かせて、新しく開拓された墾田は国へ戻さず私財として所有できるようになったことを説明した。

やがて上京した家持は直接正税寮に出頭して、前年に指摘されていた志留志の件を説明して了承を得た。それが済むと昔の歌の仲間の集まりに出て、『立山の賦』など最近越中で詠んだ歌を紹介して好評を得た。その席で近く聖武帝は「盧舎那仏建立のため田畑や米を寄進する者には官職を与える」詔が発せられるという噂を耳にした。

なおこの上京には二つの私用を兼ねていた。

多治比家で養育されていた妹・留女之女郎と藤原南家豊成の次男継縄の婚姻に立ち会うこと、越中へ戻る時に一年余り別居していた妻子を同行することである。

**はしきよし妹が姿を見ず久《ひさ》に鄙《ひな》にし住めば我恋《あれこ》ひにけり**　（一八／四一二一）

**懐しい貴女の姿を長く見ず田舎にいましたので私は恋い慕っておりました**

越中に帰った家持は志留志宅を訪れて、庄園の私有が正式に認められる筈と伝え、この際その一部をお礼として聖武帝の大仏造営のため寄進して欲しいと懇願した。安積親王を急死させた自分の落度を咎めなかった聖武帝の大きな心に感銘して、何時か力になりたいと思っていたのである。志留志は家持の熱意に応えて、朝廷に米三千石を寄付することを約束してくれた。

帰途は心軽く、雄神《をかみ》河（庄川の古称）の辺にして作れる歌

**雄神《をかみ》川くれないにほふ娘子《をとめ》らし葦附《あしつき》採ると瀬に立たすらし**

（一七／四〇二一）

**雄神川の瀬の中に紅におう少女らが立ち、葦附（水松《みる》の一種）を採ろうとしているようだ**

翌二十年三月、都よりの橘諸兄の使者田辺福麻呂《さちまろ》を越中国司舘に迎えて、大量の米を寄進した砺波臣志留志へ外従五位下の位階を与えることを伝えた。簡単な伝達式を終えて志留志が帰ると、二人は昔の気楽な歌仲間に戻って話し合った。

「元正上皇は高齢のうえ一年ほど前から病床にあり、もう長くはないでしょう。いまは橘諸兄の左大臣局が上皇の世話を兼ねているが、亡くなると規模が縮小されるので、私はいまの造酒司《みきのつかさ》令史（酒・酢の醸造を司る役所の三等官）から、近々造東大寺司に移るでしょう。大仏が完成した後の開眼式準備、写経作成と配布、収入源の荘園管理をする新しい役

所で仕事をすることになります」

「これまでのお仕事ご苦労様でした、これからも大変ですね」

「宮廷歌人としては、僅か五年ほどの間に奈良、恭仁（三香原《みかのはら》）、難波宮《なにはのみや》と三都の遷都を祝い、旧都を悲傷《いた》む歌を詠いました。余りに頻繁に遷都があったので遷る理由も深く考えず形式的に詠むようになり、我ながら空しく不満が残りました。先ほどの伝達式で越中での仕事は終わったので、後は仕事や宮廷歌人の立場を離れて貴方と歌を詠んで楽しみたい」

「では、明日は国庁の前に広がる布勢海へ舟を出して遊びましょう」と家持が誘うと、

いかにある布勢の浦ぞもここだくに君が見せむと吾を留《とど》むる　福麻呂（一八／四〇三六）
いかほど美しい所なのでしょうか布勢の浦は、これほど私に見せようと引き留めるのは

呼《を》敷《ふ》の崎こぎたもとほり終日《ひねもす》に見とも飽くべき浦にあらなくに　家持（一八／四〇三七）
特に呼敷の崎を漕ぎ廻ったら、それはもう一日中眺めても飽きるような浦ではありません

翌日館から二人で布勢水海《ふせのみずうみ》へ行く馬上で家持は詠う、

沖べより満ち来る潮のいや増しに吾が思ふ君が御船《みふね》かも彼《かれ》　家持（一八／四〇四五）
沖の方から満ちてくる潮のように期待させるのは、私が願う貴方のお舟ですよ

遊覧する船の上で　福麻呂が感懐《おもい》を述べて作れる歌

おろかにぞ吾は思ひし呼不《をふ》の浦の荒磯《ありそ》のめぐり見れど飽かずけり　福麻呂（一八／四〇四九）
往く迄はいい加減に思っていました、呼不の浦の荒磯の周りはいくら見ても飽きませんね

その日は宴終えて国司館に帰り二人は枕を並べて横になった。寝物語は何時までも尽きなかった。帰京すると忙しい部署に移るので歌集の編集はすべて貴方に任せると言って、手許にある田辺福麻呂歌集や伝来していた昔の歌を家持に渡した。

家持が砺波臣を説得して米を寄進させたという話が他の地方へも広がり、河内の河俣連人麻呂が銭千貫、翌年には物部連族小嶋…と寄進者が続々と現れて、漸く東大寺造立の財政基盤が固まった。翌二十一年東大寺占墾地使・僧平栄が越中に来たとき「聖武帝は家持の貢献を大いに心に留めておられる」と伝えてくれた。

行基集団の協力で大仏像の鋳造は順調に進み出したが、問題は金色に輝くべき大仏表面の鍍金《めっき》に使う大量な黄金が無いことで、七四六年、唐から大量の金を購入するため石上乙麻呂を正使とした遣唐使の派遣が計画された。しかし九州の宇佐八幡神宮のご神託に「近く国内で産金する」とあり、さらに陸奥に金が出るらしいとの報せがあった。派遣を中止してしばらく待つと、天平二十一年（七四九）二月陸奥国小田で我国初の産金があったと

の報が届き、やがて陸奥守百済王敬福《くだらのこにきし》より九百両の金が献上された。以後、盧舎那仏の鍍金が完成する七六〇年まで、陸奥守から計一万余両の金が献上された。

四月聖武天皇はこの産金を非常に喜んで年号を『天平感宝』と改め、製作中（十月に完成）の東大寺大仏に礼拝して報告し、喜びの詔《みことのり》を発した。家持は詔の文中に「大伴・佐伯一族の古来近衛兵としての働きを賞する」とあった事に大いに感激し、武人の名家として今後一層の働きを誓う長文の祝歌を短期間に完成した。

『陸奥国より金《くがね》を出《いだ》せる詔書を賀《ことほ》く歌』

…わが大君の諸人を誘《いざな》ひ給ひ善き事を始め給ひて金《くがね》かもたしけくあらむと思ほして下悩《したなや》ますに鶏《とり》が鳴く東《あづま》の国の陸奥《みちのく》の小田《をだ》なる山に金《くがね》ありと奏《まう》し賜へれ…　（一八／四〇九四）

以下に口語訳を掲載する。

…わが大君が人々を仏の道にお導きになり、良いことを御始めになったが、必要な黄金が果たして日本にあるのだろうかと、お心を悩ませて居られた所、陸奥の国の小田郡にある山に黄金があると奏上して来たので、お心も晴れ晴れとなり、①天池の神々も愛でられ、代々の天皇の御霊もお助けになり、遠い昔の代にありしことを朕が御代に再現したので、わが治める国は栄えるであろうとお思いになり、諸々の官人たちや老人も女子供も夫々が願う心が満足するまで、慈しみお治めになるので、何とも有り難く嬉しい思いをいよいよ強くします。大伴の遠い祖先の、その名を大久米主と名乗りお仕えしてきた役目がら、②海へ行けば水に浮く屍、山へ行けば草むした屍をさらしても大君のそばで死のう、わが身を顧みるようなことはしないと誓って来た、ますらおの汚れなき名を昔から今のこの世まで、伝えてきた家柄の子孫なのだ大伴と佐伯の氏は。先祖の立てた誓いに③子孫は先祖の名を絶やさず、大君にお仕えするのだと言い継いで来た名誉の家なのだ。④梓弓を手に持ち、剣・太刀をしっかりと腰に付けて、朝の守りにも夕の守りにも大君の御門の警護は我らをおいて他にはないと更に誓い、その想いはつのるばかりだ。大君のお言葉のありがたくまた忝くて。

反歌

天皇《すめろき》の御代栄えむと東《あづま》なるみちのく山に金花《くがね》咲く　（一八／四〇九七）

天皇の御代の栄えるしるしと、東国の陸奥の山に黄金の花が咲いた

家持は詔書の文章の一部（訳文中の四か所①、②、③、④）を長歌に取り込み、今後も天皇の期待に違わないよう仕える決意を詠った。

翌天平勝宝二年（七五〇）三月三日、家持は官人たちを誘って、越中国司館の前庭の流れで『曲水の宴』を開いた。流れの淵ごとに参席者が一人座り、上流から禊《みそぎ》を終えて流した盃が自分の前を通り過ぎるまでに、歌を読み盃の酒を飲んで次へ流し、最後に集まった歌を別室にて披露・講評するのである。

**漢人《からひと》も筏《ふね》を浮かべて遊ぶとふ今日ぞ吾背子《わがせこ》花かづらせよ**　家持（十九／四一五三）

**漢人も舟を浮かべて遊ぶと言う日です、さぁわが友よ今日は桜のかづらを着けて下さい**

家持は都に居たころ曲水の宴に参席したことがあったが、越中の他の出席者には初めてのみやびな経験で、次々に流れ来る杯に追われてなんとか歌の体を仕上げるのに精いっぱい、歌の出来にまで気が廻らないようだった。出席者の頭を飾る『かづら』は、妻の大嬢が下女たちと手分けして裏山に咲いた桜の花を編み込んで作ったものだが、今日の宴にひときわ彩りを添えてくれた。みんなの喜び騒ぐ姿を見ていると数日にわたる準備の苦労も忘れるほどであった。

家持は数日前から宴の準備を進めていたが、子供の頃太宰府で催《もよお》された『梅花の宴』で見た亡き父の姿まで思い出されて、次第に気分が高揚して独り心に浮かぶ思いが歌になって次々に湧いてくるのだった。

春の苑《その》くれないにほふ桃の花した照る道に出で立つをとめ　（一九／四一三九）
春の苑は桃の花のくれないに一面輝いている、その木の下の道にたたずむ乙女もまた
わが園の李《すもも》の花か庭に落《ふ》りしはだれのいまだ残りたるかも　（一九／四一四〇）
庭が白く見えるのは園の李の白い花びらだろうか、降った雪の消え残りだろうか
もののふの八十《やそ》をとめらがくみ乱《まが》ふ寺井のうへのかたかごの花　（一九／四一四三）
少女たちが群れ乱れて水を汲んでいる寺井の上に咲いているかたかご（かたくり）の花よ
朝床《どこ》に聞けば遥《はる》けし射水川《いみずかわ》朝こぎしつつ唱《うた》ふ船人　（一九／四一五〇）
朝床にまで聞こえてきます、はるか射水川で漕ぎながら歌っている船人の歌が

越中に来てはや四年、二上山、布勢水海、立山の賦など叙景歌や多くの交際歌を詠んできたが、ここ数日間の『独り詠む』歌によって自らの新しい世界を見出せた気がした。

翌天平勝宝三年（七五一）七月家持は少納言を拝命して、五年に渡る越中国守の役を終えて帰京することになった。八月四日、国庁の厨房で作った料理を介《すけ》の館に用意して送別の宴が開かれ、五日早朝、国司の次官以下の諸官人は門に立ちそろって見送ってくれた。

しなざかる越《こし》に五年《いつとせ》住み住みて立ち別れまく惜しき初夜《よひ》かも　家持（一九／四二五〇）

**都から遠く離れた越中に五年住み続けて、ここでお別れするのが残念な今宵です**

門を出た林の中では地元射水《いみず》大領（郡司）が用意してくれた送別の宴が開かれた。

**玉ほこの道に出で立ち行く吾は君が事跡《ことと》を負《お》ひてし行かむ**　家持（一九／四二五一）

**この道を立って行く私は、あなたの業績を（天皇に）報告すべく上京します**

家持が大嬢ら家族を伴って京に戻ると、五年の間にすっかり年老いた坂上郎女は非常に喜んで、以前のように一族を集めた祝賀の宴を開いてくれた。そして安心したように間もなく亡くなった。

**斯《か》くしつつ遊び飲みこそ草木すら春はもえつつ秋は散り行く**　坂上郎女（六／九九五）

**今夜はこうして遊び楽しみお酒を召し上がれ、草木すら春は生い茂り秋には散ってしまう**

# 第五部　大伴家の落日と家持の死

## 十四　橘諸兄の死と橘仲麻呂の変

家持は遠い越中に居て良く分からなかったが、この数年の間に都の朝廷まわりの人々の気配は大きく変化していた。

天平二十年（七四八）四月、元正上皇薨去

二十一年二月、陸奥より初めて黄金献上

四月、天皇は陸奥産金に狂喜して東大寺大仏を礼拝し『天平感宝』と改元

七月、聖武天皇譲位、阿倍内親王が孝謙天皇として即位し更に『天平勝宝』へ改元

九月、光明皇太后は皇太后宮を唐風の役所『紫微中台《しびちゅうだい》』に変更し、その長官藤原仲麻呂が権力を掌握し自らの名前も恵美押勝《えみのおしかつ》に改め（本書では従来通り仲麻呂とする）、天皇中心の太政官制度は骨抜きになって行った。

十月、東大寺大仏完成

天平勝宝四年（七五二）四月、聖武上皇、孝謙天皇、光明皇太后列席のもと、発願以来九年、延べ二百六十万人を動員して完成した東大寺・大仏開眼供養会が挙行された。開眼導師は釈迦生誕のインドから招いた菩提僊那《ぼだいせんな》で、一緒に来朝したチャンパ（ベトナム）僧仏哲、唐僧道叡《どうえい》を含む三千人の僧が経を読み上げるなか、一万数千人に及ぶ参列者は開眼の筆につながれた緒を握って結縁《けつえん》した。仏教儀式が済むと楽人による日本、唐、高麗の楽舞が奉納された。『日本書紀』によれば、欽明十三年（五五二）『仏教公伝』つまり百済の聖明王が日本へ使者を遣わし、仏像や経典とともに仏教流通の功徳を称賛した上表文を献上してから二百年、これほど盛大な法要は初めてであった。

開眼供養が終わると上皇の身体は一挙に弱まり、心も政治から離れて行き、元正皇太后薨去に続く聖武天皇の退位で弱くなっていた橘諸兄の力は更に衰えて行った。家持は前年任を終えて越中から帰京したが、赴任前に比べて大きく変化した周りの状況に戸惑いを覚え、漠然とした将来への不安を感じるようになった。

同四年八月、孝謙天皇光明太后が大納言藤原仲麻呂の家を訪ねて親しく歌を詠まれたと聞いて、張り合うように橘諸兄邸でも十一月、聖武上皇を招いた豊明宴《とよのあかり》（新嘗祭後、皇居で行われる宴会）が催され家持も右大弁藤原八束（後の真楯）らと共に参席した。

外《よそ》のみに見てはありしを今日見れば年に忘れず思ほえむかも　上皇（一九／四二六九）

諸兄の家を外からばかり見ていたが、今日来て見たのでこれから毎年思い出すだろう

上皇の思いやり溢れる御歌に接して、諸兄は大仰に喜びを表して詠った。

むぐらはふ賤《いや》しき屋外《やど》も大君のまさむと知らば玉敷かましを　諸兄（一九／四二七〇）

むさくるしい我家に陛下が来られると知っていたら玉を敷き詰めてお待ち申し上げたのに

藤原八束は時勢（仲麻呂）に対抗し、邸の主人の橘を詠って意地を見せようとして、

島山《しまやま》に照れる橘うずに挿《さ》し仕へまつるは卿大夫《まへつぎみ》たち　藤原八束（一九／四二七六）

庭の山に輝く橘の実を髪飾りに挿して、上皇の前にこんなに多くの高官が伺候しています

しかし次第に暗い雰囲気に包まれるように宴は終わり、家持には用意してきた歌を詠み上げる機会も無かった。

天地《あめつち》に足《た》らはし照りてわが大君敷きませばかも楽しき小里《をざと》　家持（一九／四二七二）

天地の間をあまねく照らすわが大君が治めておられるので、ここは何とも楽しい里です

明けて五年二月、家持は独り自宅に寛いで興の赴《おもむ》くままに歌を詠んだ。後に代表作とも

言われる『春愁三首』である。

春の野に霞たなびきうらがなしこの夕かげにうぐひす鳴くも　（一九／四二九〇）
春の野は霞がたなびく盛りなのに何か物悲しい、この夕暮れの薄明かりの中に鶯が鳴くよ

わが屋戸《やど》のいささ群竹《むらたけ》ふく風の音のかそけきこの夕《ゆふべ》かも　（一九／四二九一）
我家の庭の笹竹群を吹き渡る風の音が、かすかに聞こえるこの夕暮れだなあ

うらうらに照れる春日《はるひ》に雲雀《ひばり》あがり情悲《こころかな》しも独《ひと》しおもへば　（一九／四二九二）
うららかな陽光の春の日に雲雀の声も空高く舞い上がる、なのに独り居る私の心は悲しい

父・旅人は心の憂さを捨てる手立てを酒に求めたが、さほど飲酒を好まない家持にとっては「傷《いた》める意《こころ》歌にあらずは撥《はら》ひ難《かた》し」の心境であった。

天平勝宝六年、兵部少輔に叙任された家持は念願の『防人《さきもり》の歌』収集に取り掛かった。律令制度下での防人は海を渡って攻め来る唐や新羅の軍から、北九州・山口の島や岬を護るため東国各地の農民二千人ほどが召集された。三年間勤務し毎年三分の一ずつ交代する制だが年限が過ぎて延長されることも多く、現地の食事や武器は自ら工面し帰路の費用も自弁とされていたので無事帰郷するのは容易でなかった。これまでも防人の歌は東歌の一

部に散見されたが、彼らの歌を広く集めて『防人の歌』として歌集の中に位置づけるのが、武門に生まれた自分の勤めと考えていた。そして作者名は勿論、引率者まで名前・職名・位階を自ら尋ねて正確に記録する。聞きなれない方言も、彼らが実際に使った言葉を正確に再現・記録するなど、『東歌』を集める際に他人任せにした過去の失策を繰り返したくなかった。上司の兵部大輔は橘諸兄の息子で旧知の橘奈良麻呂だった。彼と相談して翌天平勝宝七年二月、新旧交代の防人の船が難波の港から九州の那の津へ出航する風待ちの間に、家持が閲兵し併せて防人の詠んだ歌を集めることにした。

二月六日朝、難波津に吹く小雪まじりの風の中、最初の『遠江』の屯所を訪ねた。

防人部領使《ことりづかひ》史生坂本朝臣人上《ひとがみ》より十八首を受け取り、内十一首は稚拙につき廃棄。

部領使《ことりづかひ》：防人交替に当たり、東国の防人を筑紫まで引率する各国の国府の役人。

二月七日、相模の防人部領使藤原朝臣宿奈麻呂より八首、内五首は稚拙につき廃棄。

以後三月三日まで駿河・上総・常陸・下野・下総・信濃・上野・武蔵の各屯所を日に一、二か所訪ねて、各防人部領使が引率する防人の歌合計約百六十首を受け取った。

遠江国　主帳丁《とぼろ》鹿玉《あらたま》郡若倭部身麻呂《わかやまとべむまろ》

わが妻はいたく恋ひらし飲む水に影《かげ》さへ見えて世に忘られず　（二〇／四三二二）

私の妻はとても私を恋しがっているようだ、掬い飲む水に妻の影さえ映って忘れられない

相模国　足下郡《あしがらのしものぐん》上丁《かみつよぼろ》丹比部《たぢひべの》国人の歌

八十国《やそくに》は難波《なには》に集《つど》ひ船飾《ふなかざ》り吾《あ》がせむ日ろも見る人もがも　（二〇／四三二九）

多くの国の防人が難波に集まり出帆準備する、私にも別れの日には見送る人が居てほしい

駿河国　丈部稲《いな》麻呂

父母《ちちはは》が頭《かしら》かき撫で幸《さ》く在《あ》れていひし言葉《けとば》ぜ忘れかねつる　（二〇／四三四六）

両親が（旅立つ私の）頭を撫で元気で暮らせ、病気をするなと言った言葉が忘れられない

下野国　火長今奉部《いまつりべの》与曾布《よそふ》

今日よりは顧《かへり》みなくて大君《おほぎみ》の醜《しこ》の御楯《みたて》と出《い》で立つ吾《われ》は　（二〇／四三七三）

この役目をいただいた私はわが身を顧みることなく天皇のつたない楯となって往きます

信濃国　造丁小県《ちひさがた》郡他田舎人《をさだのとねり》大島

唐衣裾《からころもすそ》に取りつき泣く子らを置《お》きてぞ来のや母《おも》なしにして　（二〇／四四〇一）

珍しい服を着た父の衣の裾にとりついて泣く子らを置いて来ちゃった、母もいないのに

難波津での収集作業が終わると京へ戻り、著しく稚拙な歌は捨て（最終的に掲載された歌は八十余首）一部に修正の手を入れた。また彼らの純朴な歌や姿に刺激されて自ら詠んだ歌も挿入し、また既に保管していた過去の防人の歌も追加するなど、体裁を整えて二か月ほどで巻物を完成した。そこで家持は兵部大輔・橘奈良麻呂を訪ねて勢い込んで収集した歌の説明をしたが、彼は苦々しそうに言い放った。

「全体的に稚拙な歌が多く、倭歌が田舎言葉で汚されている。内容も気弱な感情を詠んだ歌が目立ち、防人として国を守りに行く気概が感じられない」

「今の彼らには西国の防人の仕事より、引き離された故郷、家族に対する想いの方が強く、当然歌にも出てくるでしょう。勇ましく見える歌（四三七三）も、十人の防人を束ねる『火長《かちょう》』に指名された自分へ言い聞かせる積りで、無理して詠んだ歌に違いありません」

「お前は兵部少輔として彼らの心を鼓舞する立場にあるのに、自ら彼らに迎合するような歌を挿入している。私はお前が『陸奥の金《くがね》を賀《ことほ》く歌』で詠んだ、…**海行かば水漬《みづ》く屍《かばね》、山行かば草生《む》す屍　大君の辺《へ》にこそ死なめ顧《かえり》みはせじ**…（一八／四〇九四）のように彼らを励まし覚悟を迫る歌を期待していた」

「あの歌は古くから天皇をお護りしてきた大伴一族を鼓舞し覚悟を迫った歌です。平和に暮らしていた農民を防人にして、同じ様な覚悟を期待するのは無理でしょう」。家持は言いながらも、所詮分かってもらえない気がしていた。奈良麻呂は、かつて父・橘諸兄の歌の集まりで、少し年長の家持から歌の手ほどきを受け一緒に詠った仲間だった。それが父の急な出世につれて昇進を重ねた結果、現場の苦労を知らず頭の中だけであるべき論理を組み立てるようになっていた。やがて二人は気まずく別れた。

それより家持は気になる噂を耳にした。奈良麻呂が「子を生《な》せない女帝はわが国の将来を危うくする。早くしかるべき男の天皇を立てるべき」と密かに同志を募っていて、大伴一族の中にもかなりの賛同者を得ているらしい。家持の耳に入るほどだから、四方に密偵を放っている仲麻呂が知らない筈はない。予想通り、まず奈良麻呂の父・橘諸兄の退場を迫って追い打ちをかけてきた。天平勝宝七年暮、諸兄は側近により『聖武上皇を誹謗《ひぼう》し謀反の意図有り』と密告された。上皇はとりなしたが翌天平勝宝八年二月、諸兄は側近から密告者が出た身を不徳として致仕（辞任）を申し出て許された。

二月末に上皇は病気を抑えて難波行幸に出発し、河内の智識寺に立ち寄って大仏完成を報告し感謝した。難波滞在中に上皇は再び体調を崩された。これを知った兵部卿橘奈良麻呂は、陸奥介佐伯全成・左大弁大伴古麻呂を誘って、今こそ黄文王（長屋王の遺児）を皇太子に立てようと、謀反計画を持ちかけたが協力は拒絶された。

五月二日、四十五代聖武上皇は平城京で崩御（五十六歳）され、同日上皇の遺詔として天武帝の孫、道祖王《ふなど》が皇太子に立てられた。光明皇太后は「先帝の好まれた品々を見ると、在りし日を思い泣き崩れてしまう」と言われ、遺愛の品々を東大寺へ献じて（後の『正倉院宝物』）、以後写経に専念され、四年後の四月病により崩御され聖武と並べて佐保山稜に埋葬された。

**吾背子と二人見ませばいくばくかこの降る雪のうれしからまし**　（八／一六五八）

**貴方と二人で見たとしたら、どれほどこの降る雪を嬉しく思えたことでしょうか**

この頃衛門督だった大伴古慈斐は、娘婿である橘奈良麻呂の一味と見做されて出雲守に左遷された。さらに「朝廷に対する誹謗《ひぼう》を行い臣下の礼を失した」と仲麻呂に誣告《ぶこく》されて、衛士府《えじふ》（中央軍事組織の一つ）に拘禁され、三日後に赦免され土佐国に左遷された。

家持は一族の重鎮・古慈斐の逮捕で激高する氏人たちの怒りを抑え、政敵の挑発をそらし、彼自身の独自な立場を内外に表明しようと『族《うから》に諭《さと》す歌』を詠んで、一族各人に行動の自重・名誉の保守を訴えた。

長歌　口語訳（要約）　　（二〇／四四六五）

この国の天孫降臨の御代より大伴の先祖は弓矢を持って山川を渡り、安住の地を求めて反抗する人々の掃討に努めて来た。神武天皇が即位してからは赤心を捧げつくして仕えて来たと代々の天皇にも認められ、人々の手本とされる名誉ある清い家名である。かるがるしく考えて先祖の名を絶ってはならない、大伴の氏を名に持つますらをたちよ

反歌

剣太刀《つるぎたち》いよよ研《と》ぐべし古《いにしへ》ゆ清《さや》けく負《お》ひて来《き》にしその名ぞ　　（二〇／四四六七）

いまこそ一層研ぎ澄まさねばならない、遥か昔より清らかに保って来た大伴の名を

翌天平勝宝九年（七五七）一月、前左大臣橘諸兄が亡くなると事態は一挙に流動化した。四月仲麻呂は故聖武上皇の遺訓による皇太子の道祖王を廃して、意のままになる大炊王《おおいおう》を立てた。奈良麻呂と共に挙兵して専横を極める仲麻呂を倒すべしと、いきり立つ同族の強硬派に対し、家持は軽率に立って由緒ある大伴の名を絶ってはならないと主張した。ただ各方面からの誘いや駆け引きへの対応に心身共に疲れ果てて、仏道へ専念された故聖武帝

を想い、自らも仏の道に生きたいと切実に想うようになっていた。

**うつせみは数なき身なり山川《かは》の清《さや》けき見つつ道を尋ねな**　（二〇／四四六九）

**人のこの世は空虚ではかないものだ、清らかな山や川を見ながら（仏）道を求めて行こう**

仲麻呂は諸勢力が橘奈良麻呂の呼びかけに結集する前に素早く動いた。

六月十六日、奈良麻呂は兵部大輔を解任され、後任には少輔・大伴家持が昇格した。

六月二十八日、山背王《やましろ》より孝謙天皇に「橘奈良麻呂が兵を以て藤原仲麻呂邸を包囲しようと計画している」との密告があった。

七月三日、孝謙天皇は仲麻呂と被疑者の奈良麻呂を呼び「謀反を企《たく》らむとの報らせがあるが、自分は信じない」と宣命を読み上げた。

しかしその日の内に事態は急変した。右大臣藤原豊成が訊問側から外され、再度中納言藤原永手らを左衛士府に派遣し、被疑者を杖で強打し続ける拷問にかけた。小野東人は全ての計画を白状した。「奈良麻呂らは兵を起こして仲麻呂を殺し皇太子を退け、次いで駅鈴と玉璽《じ》を奪い、藤原豊成を奉じて天下に号令し、天皇を廃して塩焼王、道祖王、安宿王、黄文王の中から天皇を推戴する」。翌日供述の中にあった大伴古麻呂らも一斉に逮捕された。

奈良麻呂は藤原永手の訊問に「政治が無道だから兵を起こし、その上で陳情しようとした」と答えた。「何ゆえ政治が無道なのか」と問うと、「東大寺などを造り人民が辛苦している」と答えた。「東大寺はお前の父の時代に造ったものだ。お前の言えることではない」と問い詰めると、奈良麻呂は答えに窮した。佐伯全成は奈良麻呂が謀反を考え始めたのは天平十七年（七四五）、聖武天皇の難波行幸のとき初めて誘われたと答え、その後自害した。

一味として名を挙げられた人々は直ちに逮捕され訊問をうけて、多くは謀反を白状した。獄に移されて杖で全身を何度も打つ拷問に耐えかねて、十三名ほどが次々に絶命し、また六名以上が流罪とされた。その他この事件に連座して流罪、懲役、没官などの処罰を受けた役人は四四三人にのぼった。

家持は乱への不参加を貫いて罪を問われなかったが、大伴一族では大伴古麻呂、池主、兄人の三人が拷問の末に死に、更に大伴古慈斐、駿河麻呂、村上らは流罪（後免罪含む）となった。近縁の佐伯一族や多治比一族からも多くの犠牲者が出た。藤原一族でも氏長の藤原豊成は、三男乙縄が奈良麻呂宅へ出入りした咎《とが》で日向国流罪となり、これに連座して右大臣を罷免され太宰員外帥に左遷された。病気と称して難波の別荘で長期の隠退生活を送り、八年後の乱で仲麻呂が斬殺されると復帰した。

家持にとって一番衝撃は、大伴古麻呂が杖打ちの拷問の末に撲殺された事である。太宰府に重病の父の見舞いに来てくれてから、身内の先輩として尊敬し慣れ親しんでいた。二年前（七五四年）天平勝宝の遣唐使船で帰国する際、唐の官憲が出国を禁じていた唐僧『鑑真』をかくまって自らの責任で副使船に乗せ、六度目にしてようやく来日を果たさせた功労者であった。六月陸奥鎮守府将軍として任地に向う途上、都で発生した乱の首謀者の一人に目されて都に連行の上処刑された。奈良麻呂からの誘いを何度も断ったと聞いていたのに…。

このような厳しい処罰は家持の予想をはるかに越えており、何の支援も出来ずに親しい人の不運を見送る無力な自分が悔しかった。

移り行く時見るごとに心いたく昔の人し思ほゆるかも　（二〇／四四八三）
次第に変わり行く時を見るたびに切ないほど、昔の懐かしい人が思い出されることだ

さく花はうつろふ時ありあしひきの山菅の根し長くはありけり　（二〇／四四八四）
さく花はいずれ色あせてしまう時が来るけれど、山菅の根は長く生きているものです

奈良麻呂の乱の処理が一段落すると『天平宝字』と改元され、改元を祝う宴で仲麻呂は高らかに歌った。

**いざ子ども戯《たは》わざなせそ天地《あめつち》の固めし国ぞやまと島根は**　（二〇／四四八七）
**さぁ者ども愚かなことをしてはいけないぞ、天地の神々が造り固めた国、日本なのだから**

権力ある者は何事かをでっち上げて、気に入らない者を追い落とそうとする。家持はそんな世の中の流れが、わが身や共に歌を詠う人たちに災禍を及ぼすことを恐れて、次第に歌から遠ざかるようになった。もし坂上郎女が今の家持や大伴一族の状況を見たらどう思うだろうか、一族の結束と名誉を回復するため何をせよと言うだろうかと自問しつつ…。

天平宝字二年（七五八）二月、式部大輔中臣清麻呂宅に昔の諸兄の歌会仲間が集まって密かに宴が開かれた。家持は庭の持ち主を誉める歌を詠い、清麻呂は応えて今後とも家持を支援すると友情の心を吐露した。

**君が家の池の白波磯に寄せしばしば見とも飽かむ君かも**　家持（二〇／四五〇三）
**お宅の池の白波が繰り返し磯に寄せるように幾度見ても見飽きることのないあなたですね**

**うるはしと吾《あ》が思《も》ふ君はいや日けに来ませ吾背子絶ゆる日無しに**　主人（二〇／四五〇四）

**私は貴方をすばらしい方と思っていますす続いて来て下さいこの友情が絶えてはなりません**

最後に出席した五人各々が二年前に亡くなられた聖武帝を偲んで詠った。家持の歌は

**高円《たかまど》の野の上《うへ》の宮は荒れにけり立たしし君の御代遠そけば**
（二〇／四五〇六）

**（聖武帝の離宮）高円の野の宮はすっかり荒れてしまった、帝の御代が遠い昔になったので**

同六月家持は因幡守に左遷された。七月大原今城の宅で餞《はなむけ》の宴がありやがて因幡に向かった。家持の歌だけが残っている。

**秋風のすえ吹きなびく萩の花ともに挿頭《かざ》さず相《あひ》か別れむ**
（二〇／四五一五）

**秋風に吹きなびいている萩の花を、共に髪に挿すことなくお互いに別れて行くのですね**

天平宝字三年（七五九）正月、因幡国庁に国郡の司らが集まり、都の天皇を遥拝してから饗応の宴に入った。国守・家持は形通りの短い新春の賀を述べた後、用意してきた祝いの歌を詠んで壇を降りた。なおこの歌が万葉集二十巻　四五〇〇余首の最後の歌である。この時家持は不惑を僅かに過ぎた年齢であったが、以後陸奥で亡くなるまで約三十年間に彼が詠んだという歌は伝えられてない。

**新《あたら》しき年の始《はじめ》の初春《はつはる》の今日降る雪のいや重《し》け吉事《よごと》**
（二〇／四五一六）

**新しい年の初めの今日、降りしきる雪のように吉き事よ大いに重なって欲しいものだ**

集まった官人たちはひとしきり談笑して式は終わり三々五々退庁した。

家持は降りしきる雪の中を独り隣の国守館まで歩いて帰った。炉辺に座り、消えかけた火に新しい薪をくべて冷えた体を温めながら、これから始まる一年を想った。昨年秋新国守を迎えた因幡の部下たちは、黙って定められた仕事をし終わると、腫物に触れないように家持のそばを離れた。奈良麻呂の乱で配流された訳でないのに、四十歳を過ぎたばかりの家持にはただ侘しく過ぎて行く毎日だった。今年も、またこれからもそうかも知れない、苦しいけれどこの境遇に耐えるしか無いのだ。悲観的になりがちな自分を奮い立たせるためにも、先ほどの新年の賀の歌は心して明るく詠んだ。

十二年前の天平十八年（七四六）一月、元正上皇ご在所の雪掻き後の酒宴で葛井連諸会《ふじいもろあひ》の詠んだ

**新しき年の初めに豊の年しるすとならし雪のふれるは**　（一七／三九二五）既出

を『本歌』として、奈良麻呂の乱で亡くなった二人の歌仲間の詠んだ歌をさりげなく織り込んで作ったものだった。

一人は天武帝の第十皇子・新田部親王の次男道祖《ふなど》王で、天平勝宝五年（七五三）正月、治

部少輔・石上宅嗣宅の宴で詠んだ、

**新《あら》しき年の始《はじめ》に思ふどちい群れてをれば嬉しくもあるか**　道祖《ふなど》王（一七／四二八四）

**新年にお互い気の合う者同士集まっているのは、嬉しいことじゃないか**

この宴で楽しく過ごされた道祖王には過酷な運命が待っていた。天平勝宝八年薨去された聖武太上天皇の遺言で皇太子に立てられたが、翌年三月孝謙天皇は王に不謹慎な点があったとして大炊《おおい》王（後の淳仁天皇）に代えた。さらに同年七月起きた橘奈良麻呂の乱で次の天皇候補に道祖王の名前もあったと言うことで、杖で殴打され拷問の末獄死された。

もう一人は家持旧知の大伴池主である。天平勝宝六年正月、家持は一族の橘奈良麻呂派である大伴千室、同村上、同池主らを自宅の年賀の宴に招いた。『族《うから》を諭《さと》す歌』を示して行動の自重を求めた家持に対して最後まで応じず、それでも謝意として新春を祝う歌を詠って別れ、やがて乱で獄死した。

**霞立つ春のはじめを今日のごと見むと思へば楽しとぞ思《も》ふ**　池主（二〇／四三〇〇）

**霞立つ新春の日にこうしてお逢いできると思うと、きっと今年は良い年になるでしょう**

家持が越中国守に赴任した時、一族で年長の大伴池主が何かと仕事の面倒を見てくれ、病気の時には親身に看病してくれた。また越中の山河を叙景歌に詠んだ時には共に学びつつ作歌を行う仲だったが、十年の間に志す方向は別れてしまった。

外ではあらゆる音を消し世の中から隔絶するように雪が降り続けている。時々ゆらぐ囲炉裏の火を見つめながら、僅か数年の間にすっかり変わった自分をめぐる状況を想い続けていた。

## 十五　藤原仲麻呂の乱と皇統の交替

天平宝字六年（七六二）一月、家持は中務大輔に遷任され三年半ぶりに因幡国から帰京した。中務省は朝廷に関する職務全般を担う要職であり、この年中納言・中務卿に昇進した藤原真楯が失意にある古くからの歌友を呼び寄せてくれたのだろう。

九月天皇近侍の高官石川年足が死去して、家持は磐余《いわれ》（桜井市）の蘇我石川寺（山田寺）へ弔問に派遣された。その帰り同行の佐伯今毛人《さえきいまえみし》に誘われて、山辺の道沿いにあった石上《いそのかみ》宅嗣《やかつぐ》宅に寄ると先客が居た。

「私は藤原式家故宇合《うまかい》の次男藤原良継《よしつぐ》（当時の名は宿奈《すくな》麻呂）、母が宅嗣の祖父石上麻呂の娘だったので、この家には幼時から勝手に出入りしています。ご存知のように二十年前父宇合の死後式家の統領となった兄・広嗣が太宰府で乱を起こし、敗れて逃亡したが逮捕され斬殺された。当時都に居た私も連座して伊豆に流され、二年後許されて官に復帰した。六年後にやっと従五位下、それから越前、上野《かみつけ》などの守を経て、最近ようやく都へ戻って造宮大輔になった」

力強く話す良継は家持とは同年輩のはずだが、長年の苦労とそれを乗り越えてきた意志の強さが顔に現れ、話す言葉にも相手を納得させせる力があった。

主人の石上宅嗣は若い頃から穏やかで風格があると言われていたが、定評通りの容姿と口調で続いた。

「私は昨年遣唐副使に任命されたが、唐の朝廷から情勢が不穏なので来るのを見合わせて欲しいと言って来たので、今は準備を止めて様子を見ている。辺境を護っていた安禄山という傭兵将軍が政治に不満を持って都に攻め上り、玄宗皇帝を始め要人たちは長安の都を逃れてあちこち流浪しているらしい」

「長年我国が模範として学んできた唐で、そんな大乱が起きているのか」

「あるいは『革命』になるかも知れない。中国では古来『天』が己《おのれ》に代わり王朝に地上を治めさせるが、王が徳を失えばその王朝に見切りをつけ『革命』(天命を革《あらた》める)が起こるとされている。一五〇年前、楊氏の立てた隋から今の唐王朝・李氏に代わったように、王朝の姓が易《か》わるので『易姓《えきせい》革命』と言う」

「日本でもその革命は起こるだろうか」

「日本では『天』が政《まつりごと》を王朝に委《ゆだ》ねてないので、徳を失ったと判断することも、改めよと命ずることも無い。最近日本もかなり難しい状況にあるが、姓を持たない『天皇』が自ら判断し、行うしかないだろう」

自分より若い宅嗣は短い間にずいぶん勉強し成長していたようだ。家持が感心して肯いていると脇から先ほどの藤原良継が大声で口を挟んだ。

「日本では天に頼らず自分たちで悪い奴を倒すしかない。式家のわれわれを日陰者扱いする孝謙天皇や仲麻呂一派を何とかしないと、我国にも将来は無い」

続いて佐伯今毛人が嘆いた。

「橘奈良麻呂の変ではわが佐伯一族も多くの者が獄死や解職に追いやられた。一族でも最近は兵とは関係ない者が多く、私も寺社の造営や建築分野で働いていたが今は解職されて何もできない。聖武天皇の東大寺造営では多くの労人を使い、速く作った実績を評価されて七階級特進したのに…」

　仲麻呂に対する怒りでは一致したが、時代の流れから外れた四人に何ができるのだろうか。自分への期待は大伴一族の力を結集する兵力だろうが、多くの仲間を失った今は大した力になれそうにない。

　その後も時々宅嗣邸へ出かけたが、藤原良継も佐伯今毛人も居ないことが多かった。そんな日は宅嗣と二人、昔に戻って漢詩や倭歌について語り合った。

「父や祖父はむかし倭歌を詠んでいましたが、私は官人間の出世競争の厳しさに備えて、漢学、特に史書や漢詩を学んできました。

**もののふの臣《おみ》の壮士《をとこ》は大君の任《まけ》のまにまに聞くといふものぞ**　（三／三六九）

**朝廷に仕える官人たるもののふは天皇の命令のままにうけたまわり従うものである**

これは父の歌ですが、心から納得して詠んだのか、異なる方向へ走ろうとする自らの気持ちを抑えようとして詠んだのか、良く分りませんが、私はこれを座右の銘にしています」

「私は以前笠金村殿から、貴方の父・石上乙麻呂卿と越前へ行った時の話やその時詠んだ歌を紹介して貰いましたよ」

「一般に倭歌は（男女間の）情趣を詠うことを得意とし、漢詩の効用は政治・教育的などの分野にあるようです。単純に中国の詩が良く日本の歌が劣っているとは思いませんが、官に生きるには漢詩を作ることが必要です。私は最近、淡海三船《おうみのみふね》殿に協力して我国初の勅撰漢詩集『懐風藻《かいふうそう》』を完成させました。家持殿は倭歌の歌集を作られているそうですが、ぜひそちらで頑張ってください。聖武帝の頃橘諸兄の歌会で私達が詠った歌や、私の父や祖父の倭歌を残して欲しいのです」

「最近我国では漢詩を作るのが男の証し、倭歌は女の詠むものと下に見る風潮が強く、残念に思っていましたが、貴方のご意見を拝聴して少しこころ強く感じました」

「私は買い求めた多くの中国の文物を、敷地内の建物『芸亭《うんてい》』で一族以外にも公開しています。日本人の漢詩・漢学のレベルを上げて、中国の人に劣らぬ歌を作ろうと」

「やあ、ご両人は歌の話ですか」。藤原良継が入って来たのも知らずに二人で話し込んでいたので、少しバツ悪かったたが、良継は一向気にしないようで、

「父・宇合は倭歌、漢詩共に良く詠んでいました、残念ながら私にはそちらの才はありませんが…。広嗣の乱が終わるとわれわれ一族すべて罰せられて、私も伊豆への配流が決まり、菅原の我家も人手に渡して、一同ささやかな宴を開いて別れることになりました。その時、妻石川女郎が渡してくれた歌を今でも身に着けています」と言いながら懐からお守りにしているらしい木簡を取り出して見せた。


**大き海の水底《みなぞこ》深く思ひつつ裳引《もび》きならしし菅原《すがはら》の里**　（二〇／四四九一）

**大きな海底のように心の奥深く貴方を思い裳裾を引いて行き来した菅原の里ともお別れです**

天平宝字七年（七六三）三月、仲麻呂暗殺計画が発覚して四人は逮捕された。良継は解官《げかん》の上姓を剥奪されたが、単独犯行を主張したので残る三人は現職を解任された程度

で、石上宅嗣は太宰少弐に家持は薩摩守に左遷された。赴任前に石上宅嗣は再起を期して欲しいと言って、家持に今回の事変の顛末を解説してくれた。
一、良継は藤原四家の大勢が反仲麻呂に傾いたと見て、仲麻呂暗殺計画を立てた。
二、計画が藤原家間の私闘でないという大義名分が欲しくて大伴、佐伯を誘った。
三、捕まった時、良継は今後仲麻呂の命運も長くないと予想して罪を一人でかぶった。
それから一年後に起きた『仲麻呂の乱』では、先に都へ戻った前太宰大弐の吉備真備を追って上京した石上宅嗣は、藤原良継と共に孝謙上皇側に立って仲麻呂と戦い宿願を果たした。はるか薩摩国に居た家持は石上宅嗣から届いた報告で詳細を知った。

〔石上宅嗣『仲麻呂の乱』の報告〕

太政大臣藤原仲麻呂の退潮は四年前、七六〇年の光明皇太后の薨去に始まっていた。孝謙上皇は母の死を悲しんだが、一方で以後自分が思う通りに判断し行動できる開放感を味わった。これまで皇太后の威光を笠にきて、何かと自分に命令してくる仲麻呂のやり方を次第に疎ましく感じていたのである。仲麻呂の妻で内侍《ないし》（女官長）の宇比良古《うひらこ》が生きている間はなんとか双方の調整をしていたが、七六二年病を得て亡くなると一寸した感情の対立が予想外の事態を招いた。上皇は体調不良になると僧の道鏡を頻繁に宮廷に呼んで祈祷をさせていたが、仲麻呂がその事を「二人は中で密会しているのでは…」と皮肉った言葉が発端となった。上皇は激高して七六二年六月、詔『以後淳仁天皇は小事を采配し、大事は上皇（である自分）が命ずる』を発し、淳仁天皇を背後から操る仲麻呂の手が出せないようにした。

孝謙の道鏡重用が目に余るようになり、いつか争いに発展することを予想していた仲麻呂は息子の真先《まさき》・朝狩・訓儒《くす》麻呂の三人を参議に就け、さらに上皇と道鏡派が握る政権を実力で奪うため、自らを『四畿内（大和、山城、摂津、河内）三関（不破、鈴鹿、愛発）近江丹波播磨等国の軍司令官』に任じ、都近辺の軍事力を掌握した。一方、上皇は重用していた女官長吉備由利《ゆり》を連絡役として、七十歳になっていたその兄吉備真備を太宰府から十年ぶりに上京させ造東大寺司に任じて密かに対抗策を練った。真備はかって上皇の教育係・春宮大夫であったが、仲麻呂によって七五四年太宰府に遠ざけられ、七五八年唐で安禄山の乱が起こるとその影響が日本に及ぶのに備えて、兵士らに真備が唐で身に着けた兵学を伝え訓練する役を命じて現地に留め置いていた。

天平宝字八年（七六四）九月、仲麻呂謀反の連絡を受けた孝謙上皇は仲麻呂方と組む淳仁天皇の御所に少納言山村王を遣わして、皇権の発動に必要な玉璽《ぎょくじ》と駅鈴を回収させた。先手を打たれた仲麻呂は平城京を脱出して宇治に入り、彼が長年国司を務め地盤としていた近江国の国衙《こくが》を目指した。父の命を受けた三男・訓儒麻呂《くすまろ》軍が山村王の帰路を襲って玉璽と駅鈴を奪い返すと、上皇は授刀少尉坂上苅田麻呂（桓武朝の征夷大将軍として蝦夷平定した坂上田村麻呂の父）らを送って訓儒麻呂の進路を阻み、遠矢で射殺して再び玉璽と駅鈴を取り戻した。正規の皇権発動が可能になった上皇は直ちに真備を従三位・中衛大将に任じて仲麻呂誅殺を命じ、直ちに討伐軍が彼の後を追った。真備は仲麻呂の行動を予測して官軍を先回りさせ、瀬田橋を焼いて東山道への進路を塞いだ。仲麻呂はやむなく八男辛加知《しかち》が国司を務める越前に逃れようと琵琶湖の湖西を越前に向け北進した。官軍は佐伯伊多智を越前に派遣してまだ事変を知らない辛加知を斬り、愛発関《あらち》をかためて仲麻呂軍が近江から越前へ向かうのを防いだ。進退窮まった仲麻呂一族は琵琶湖西畔の高島から船で湖上に逃れる途中で捕獲され、すべて斬首された。

〔『仲麻呂の乱』の報告終〕

家持の居た九州最南端の薩摩国（国府は川内市）は、前任の越中、因幡に比べてもさらに都から遠く異質な風土で、人々の話す言葉も殆ど理解できなかった。薩摩の人びとは素朴で親切にしてくれるが繊細になった家持の心には届かない。四十年ほど前に父・旅人は持節征隼人将軍としてこの地まで兵を進めて勝利した、そう思って自らを奮い起こそうとするが、連日の夏の猛暑に食も進まず次第に衰弱した。宅嗣からの仲麻呂の乱の報告にも、遠い世界の出来事のように「訓儒麻呂も殺されたか…」と淋しく呟いた。

仲麻呂への憎しみは強かったがその息子訓儒麻呂には別な想いがあった。家持が越中から戻り仲麻呂に対する一族の結束に悩んでいた頃、還俗《げんぞく》（僧籍から元の俗人へ戻ること）したばかりの彼は密かに家持の娘を嫁に欲しいと歌をよこした。家持の亡妾が生んだ娘は当時十歳過ぎたばかりで、多治比家の母の元で成長していた。訓儒麻呂が本当に娘を欲しいのか、親の仲麻呂に頼まれて大伴一族の動向を探るための策なのか判断に苦しんだが、婉曲に「申し出は非常に有り難いが、何しろ娘（梅）はまだ若過ぎる」と歌を送った。訓儒麻呂からもそのことを了承する歌が寄せられた。

春の雨はいや頻降《しきふ》るに梅の花いまだ咲かなくいと若みかも
家持（四／七八六）
春の雨は頻りに降るのにわが家の梅はまだ咲きません、余り若過ぎるからなのでしょうか

春雨を待つとにしあらしわが屋戸《やど》の若木の梅もいまだ含《ふふ》めり
訓儒麻呂（四／七九二）

**春雨を待つということですね、わが家の梅の木もまだ蕾のままなのです**

返書には別に次のような文も入っていた。

追伸、家持殿は熱心に古歌の採集に努めて居られると聞きました。先日、私同様に父の邸に居候している大炊《おおい》王より御尊父舎人親王（＝最後まで残った天武天皇の皇子）遺愛の古歌『山村《やまむら》に幸行《いでま》しし時の歌二首』とその由来を拝聴致しました。ご参考まで記して同封いたします。

「先太政天皇《さきのだいじょう》（＝元正天皇）が大勢の供《とも》をつれて山村へ出掛けた時『付き従う者どもよ、次の歌に和《こた》える歌を詠んでみよ』と叫ばれた。

**あしびきの山行きしかば山人《やまびと》の朕《われ》に得しめし山づとそこれ**　元正天皇（二〇／四二九三）

**山に行っていたら山人が私にくれた山づと（山からのみやげ）そ、これは**

舎人《とねりの》親王、詔に応えて和へ奉《まつ》る歌一首

**あしびきの山に行きけむ山人の心も知らず山人は誰《たれ》**　舎人親王（二〇／四二九四）

**山に行かれたという山人（太政天皇）の御心も計りかねます、相手の山人とは誰でしょうか**」

受け取った当時、含蓄のある御二人の問答歌の裏に、仲麻呂が何か自分へ謎かけをしているのか疑ったりしたが、いまは素直に古の君臣和楽の世界を垣間見させるほほえましい光景と見れば良いようだ。この大炊王はその後仲麻呂に推されて『淳仁天皇』となったが、今度の乱で仲麻呂が亡くなると廃位され、配流先の淡路島で亡くなったらしい。この歌を歌集に掲載するとき、後で変な問題が生じないように別な人手状況を記しておかなければなるまい。

その年の暮、薩摩国府から東南五十キロほど離れた桜島近辺の海底から未曽有の大音響と共に火焔が上がり、近くの民家が埋没し多数の死者が出た。その後も天変地異が続き降灰の稲作への影響が心配されたので家持はその報告を朝廷に送り、併せてこの非常時に病気の自分では職務を遂行できないと応援を求めた。翌年二月には新しい薩摩守として紀広純が着任した。

仲麻呂を斬った孝謙上皇は、名を『称徳』と改めて再び天皇に復帰し（重祚《ちょうそ》）、僧の道鏡を太政大臣に任じて大半の政治を担当させた。さらに後継天皇に道鏡を推す動きを見せたので、人臣による皇位継承の可否について九州の宇佐八幡へ和気清麻呂を派遣してご神託を仰ぐなど大きな政治騒動へ発展した。この末期的な称徳・道鏡政権においても仲麻呂打倒に功のあった吉備真備と共に、藤原良継や石上宅嗣は着実に地位を築いていった。しかし、家持が頼みにし多くの人から今後を期待されていた藤原真楯は七六六年、五十一歳、正三位大納言で病没し、ついに藤原四家には歌を詠む人が居なくなった。

天皇は亡くなった仲麻呂一族と多くの王族・官人らの霊を弔うため、佐伯今毛人を造西大寺司に命じ、父・聖武帝の造立した東大寺と宮殿を挟んで反対側に西大寺を、東大寺に劣らない壮大な規模で造立した。さらに戦死した将兵の菩提を弔い鎮護国家を祈念するため、六年の歳月をかけて『百万塔陀羅尼《ひゃくまんとうだらに》』を製作し、七七〇年西大寺をはじめ奈良の十の寺院に奉納した。塔状の木製の小筒で、中には現存する世界最古の木版印刷物の陀羅尼経が納めてある。

七七〇年八月、女帝称徳天皇が亡くなった時には、さしも多かった天武帝の皇子、皇孫も若年時の病死や陰謀の犠牲によって殆ど残っていなかった。そこで藤原良継は北家の藤原永手、参議石上宅嗣らと共謀して、宝亀元年（七七〇）十月天智系で生き残った志貴皇子の第六王子・白壁《しらかべ》王を擁立して『光仁天皇』を実現させた。すでに王は六十歳を越えており、若い頃から皇位を巡る抗争がわが身に及ぶことを恐れて「酒を縦《ほしいまま》にして迹《あと》を晦《くら》ましていた」という。

その功で藤原良継は正三位・中納言に叙任され、翌年左大臣の藤原永手が亡くなるとさらに藤原氏一門の中心的存在となった。七七三年光仁の皇后（故聖武帝娘）腹の皇太子他部《おさべ》親王を死に追いやり、百済系の妃高野新笠《たかののにいがさ》を母とする山部親王（後の桓武天皇）を皇太子に、自分の娘乙牟漏《おとむろ》をその妻にすることに成功し、翌年その腹に安殿《あどの》親王（後の平城天皇）が誕生した。更に七七七年内大臣に任じられるが間もなく没し、即日従一位を贈られた。石上宅嗣はその才を藤原一族に妬まれつつも七七一年中納言、七八〇年大納言として敏腕を振るい、また橘諸兄時代の家持の歌仲間・大中臣清麻呂は最長老の太政官として七七一年右大臣、正二位となっていた。

薩摩での病が癒えた家持は七七〇年六月五十二歳でようやく民部少輔として復位していたが、同八月称徳天皇が薨去すると、聖武朝以来の旧臣として彼ら三人の支援をえて長い間の停滞を取り戻すように九月中務大輔、十月光仁天皇即位で二十一年ぶりに正五位下になり、更に十一月従四位下へ昇叙した。

七七二年春、石上宅嗣から家持へ伝言が届いた。「藤原浜成より光仁天皇へ『歌経評式《かきょうひょうしき》』なる歌書を献上したいという、説明を聞くので同席して欲しい」。藤原浜成は京家の祖・麻呂の嫡男という一流の毛並ではあったが、永く従五位下に留まり今年ようやく従四位上・参議に昇叙し四九歳で公卿に列していた。

浜成は宅嗣に促されるとわざと威厳を保つように咳払いをして

「詩歌は雅びな言葉を使い、楽しい雰囲気を作り出して鬼神を泣かせ、天人の恋心を慰めるものです。我国では記紀の神代より盛んに歌が詠われて来たが、最近の歌は表現こそ巧みだが音韻の知識に欠けるので他人を喜こばす花や実に乏しい。

そこで私は長い歴史と多様な形式を持つ漢詩に倣って歌の新しい規則を打立てて『歌式』と名付け、これに例歌を当てはめて一巻とした。本書を読めば戒を知り欠点の無い歌を詠むことが出来るであろう」

と序文の概要を弁じた。

「貴方の言われる歌の本質・効用には私も同感する所があり、現在の倭歌の対する批判には、責任も感じています。それで貴方はどうすれば良いとお考えでしょうか」。家持が尋

ねると、

「漢詩に関しては近年唐から多くの詩集や詩学書が舶来しており、初心者でも学んで切磋琢磨すれば上達できます。然るに和歌はあいかわらず己《おのれ》一人の努力で上達するしか方法が無い。そこで本書では歌を詠む人が学ぶべき標式を『歌病』、『歌体』、『雅体』に分類して具体的かつ詳細に説明しています」

「その『標式』に準拠すれば良い歌が出来るのですか」

「その筈です」

「納得できませんね」

宅嗣が間に入って
「倭歌の短歌の規則は端的に言えば『五七五七七の三十一文字で構成する』だけですが、漢詩では歌体は七言か五言、声の切り方、上下の対句、四・六・八・十韻など詳しく決まっており、初学者はその規則を学んで詩作に反映し、詩の良し悪しを判断する基準にします。浜成氏の狙いは分かりますが、単に漢詩の規則を翻案して倭歌の標識にしたようなので、如何なものでしょうか。

話は変わりますが、私は先日吉備真備卿より、七五三年阿倍仲麻呂が唐から日本へ帰国する遣唐使船に乗る前に詠んだ、五言絶句の漢詩を手に入れました。

**翹首望東天　首を翹《あ》げて東天を望めば**
**神馳奈良辺　神《こころ》は馳《は》す奈良の辺**
**三笠山頂上　三笠山頂の上**
**思又皓月円　思ふ又《ま》た皓月《こうげつ》の円《まどか》なるを**

翹：持ち上げる

ご存知の通り、仲麻呂は真備と同じ遣唐使船で唐に渡り、唐の役人として玄宗皇帝から寵愛され、一流の詩人李白や王維らと交わる詩人でしたが、望郷の念やみがたく日本への帰国を決意したのです。乗った船は途中難破して安南（ベトナム）に流され苦労の末に再び唐に戻りました。結局日本への帰国の希望は叶わず、在唐五十四年で一昨年亡くなりました。

さて家持殿はこの場面をどう詠みますか。また倭歌はどういう風に学ぶのでしょうか」

「私が仲麻呂卿なら次のように詠むでしょう。

**天の原ふりさけみれば春日なる三笠の山に出《い》でし月かも**　（古今集四〇六）

**天を仰いではるか遠くに見える月は、奈良の春日の三笠山に出るのと同じ月であろうか**」

石上宅嗣は手を打って喜び、

「さすが、これは単なる漢詩の倭歌への翻訳ではなく独自の倭歌と言えるでしょう」

「倭歌は感動の残っているうちに素早く詠うものです。その時すぐ詠みだせるように、私たちは普段から良いと思う先人の歌を読んで記録し心にとめています。ここでは漢詩に込めた仲麻呂卿の感動が、私の心の中に二つの先人の倭歌を呼び起こしました。

まず、間人宿祢大浦《はしひとのすくねおほうら》の初月《みかづき》の歌で

**天《あま》の原ふりさけ見れば白真弓《しらまゆみ》張りて懸《か》けたり夜路《よみち》は吉《よ》けむ**　（三／二八九）
**大空を見上げると真弓の白木を張ったような月が出ている　今夜の道は明るく良いだろう**

それと次の『春・雑歌　詠み人知らず』の旋頭歌《せどうか》（五七七を二回繰り返す計六句より成る）です。

**春日なる三笠の山に月出でぬかも佐紀《さき》山に咲ける桜の花の見ゆべく**　（一〇／一八八七）
**春日の御笠の山に月が出ないものか、佐紀山に咲いている桜がもっときれいに見えるのに**

『…月出でぬかも』を『…出でし月かも』に代えて、かもに疑問や詠嘆の気持ちをこめて終えるようにしました」

藤原浜成が帰ると石上宅嗣は家持に説明した。

「漢学者の浜成は淡海三船と私が我国最初の漢詩集『懐風藻』を編んで、聖武天皇へ献上したと聞いて先を越されと悔しがり、漢詩論を倭歌に転用して歌論に仕立てたようだ。総論的には肯ける点もあるが、倭歌を詠んだ経験が殆ど無いので、具体的に倭歌を学ぶ基準や良いとされる倭歌の選定などにおかしな点がありますね」

浜成の意見に的外《まとはず》れな点はあるが、彼の熱意につられて倭歌集を編む意義を言葉に出してハッキリ再確認できたので、家持は帰宅すると久しぶりに万葉集の原稿を手にした。今後は集めた歌の整理や見直しより、集の全体構成の決定や集の命名、序言の作成などを優先し勅撰集としての完成を急ぐようにした。

以前元正上皇に差し上げた前期万葉集に対して、新しく追加する聖武帝後半の歌は坂上郎女の倭歌塾の教科書に娘子などが詠った歌を追加したもの、高橋虫麻呂その他の個人歌集、東歌・防人の歌、遣新羅使の歌、中臣宅守・娘子の悲恋歌　などに各々一巻〜数巻割り振るとして、合わせて八巻ほどになるだろうか。

問題は家持が越中国司時代に詠んだ歌の扱い方である。自分の身の回りの出来事を詠んだ歌が多く、もの足りない歌も混じっているが何れも捨てがたく、別に四巻ほどの私歌集とする方が良いかもしれない。しかし、自分にはもう今進めている古来多くの歌人による万葉集十六巻とは別にもう一つの歌集をまとめる時間も力も残っていないので、十六巻の後にそのまま付録の形で合併させる方法しかないようだ。どちらとも決められないまま次第に公務が忙しくなり歌にまとまった時間を割けなくなった。その上五十代半ばを過ぎると急に記憶力や忍耐力が衰えて、四千五百余首の一つ一つの歌に注意を払いつつ、進める作業がだんだん難しくなって来た。協力者も老いて次々に世を去るが新たな協力者は得られない、やることは多いと気は焦るだけでなかなか前へ進まない。

七七四年三月相模守、九月右京太夫上総守
七七五年十一月衛門督、宮廷守護の要職に
七七六年三月衛門督を解かれて伊勢守へ
七七九年二月参議となり更に兼右大弁へ

七八一年四月、光仁天皇は風病と老齢のため退位し、山部親王が五十代桓武天皇、同母弟早良親王が皇太子として即位し、十二月光仁上皇は崩御された。この年に石上宅嗣は死去し、大中臣清麻呂は八十歳を機に辞職した。

壮年の四十四歳で即位した桓武帝にとって苦節を共にした父・光仁帝は薨去し、その脇の老臣たちも去り、ようやく宿願を実現できる時が来た。帝が是非やりたかったのは聖武・孝謙（称徳）と続いた仏教政治からの脱却である。天皇の支援を受けた寺院・僧侶が政治を左右したことが、かえって天皇の権威を低下させ今日の混乱を招いた主因と考えていた。目的を実現するため、天武系皇族及び関係貴族を排除して自己の地盤を強固にし、然る後に都を大寺院の多い奈良から新たに造営する長岡京へ遷そうと性急に動いた。まず八年前、残存天武派と妥協して自分の皇太子擁立に反対した一派の追放である。

七八二年閏一月『氷上川継《ひがみのかわつぐ》の乱』が起こった。天武天皇の曾孫氷上川継が朝廷転覆を狙った謀反を計画し、事前に発覚した件で三十三人が処分された。連座した罪で北家の左大臣藤原魚名や川継の義父・藤原浜成は失脚した。家持は聖武帝とのつながりで危険と見做されたか、『歌経評式』の著者藤原浜成との関係が疑われたのか、一時は拘束されて現職を解かれたが、間もなく右京大夫兼春宮大夫・従三位に復位された。

家持は春宮大夫として早良親王とその甥の五百枝《いおえ》王への万葉の講義を始めた。奈良・万葉の歌では圧倒的に多い天武系の親王や王に対し、天智系として親王の祖父・志貴皇子や伯父に当る湯原王は一筋の清流のような歌を詠い続けたと、はるか昔に笠金村から聞いた話を交えて説明した。親王は初めて身近になった祖父や伯父の歌に感激して、次の歌が自分の気持ちによく合う、血筋と言うのは不思議なもの…と呟いた。

**吉野なる夏実《なつみ》の河の川淀《よど》に鴨《かも》ぞ鳴くなる山かげにして**
湯原王（三／三七五）

**吉野川の夏実の川の淀んだ辺りで鴨が鳴いている、山の蔭になってここから姿は見えないが**

家持も久しぶりに歌を教えることに喜びを感じ、今度こそ最後まで歌集を完成させて親王に献上したいと考えていた。

## 十六　陸奥に死せる家持、都人を走らす

延暦元年（七八二）六月、家持は陸奥按察使・鎮守将軍に命じられた。六十四歳の老体で厳しい陸奥での生活は辛かろうが、父・旅人も六十歳を過ぎて九州太宰府へ行った。向うへ行けば万葉集の完成は多少遅れるが、先日の川継の乱のような訳の分からない政争に巻き込まれることはないだろう。陸奥行きを決心して、別れの挨拶に皇太子宮の早良親王を訪ねた。

「陸奥へ行くことになりました。これまで親王に万葉集の講義をしながら、早く完成させて献上したいと思っていました。しばらく中断しますが陸奥から戻ったら仕上げますので、それまで私の自宅にある万葉集の原稿を親王の許に置かせて下さい」

「遠地での厳しい任務、ご苦労様です、体に気をつけて早く帰ってきて下さい。原稿保管の件、残念ですが自分の所に引き取ることは出来ません。皇太子の身分は貴方が思うより不確かなので、帰って来るまで保管するとか、何か起こった時に対処する責任が持てないからです」

家持はこれまでも国司として数年単位で佐保邸を不在にすることはあったが、当然のよう

に自宅で作業中の膨大な万葉の原稿はそのままにして出かけ、戻ると前の所から続けていた。幼時から寺で修業してきた早良親王が真剣に此の世の不測を説かれるので、これまで当然と考えていたことが不安になってきた。家に帰ると急いで大きな保管箱を数個作らせ、そこに未完の歌集の原稿を入れて厳重に封をした。

家持は行く前に現地の状況を知るため、最近陸奥の戦《いくさ》から帰京した大伴古慈斐の子・大伴益立《ますたて》を佐保邸に呼んだ。

「古慈斐殿が亡くなってもう五年になるなあ。私はこの年齢で陸奥・多賀城勤務を命じられ近日中に出発する。少し陸奥の話を聞かせてくれ」

「ご苦労様です。蝦夷の首長らも近年は産金の仕事に関わって戦に馬を使えるようになり、朝廷軍に見劣りしなくなりました。彼らは仲麻呂の乱や天武系から天智系への皇統の移行で朝廷の支配が弛んだ宝亀元年（七七〇）八月、朝廷との関係を断ち、配下の者と共に朝廷の支配の及ばない地に引いて反抗の姿勢を示した。そこで光仁天皇は『お前しかいない』と懇願して、老齢の大伴駿河麻呂を陸奥按察《あぜち》使に任じた。蝦夷を攻めまた守って成果を上げた駿河麻呂でしたが、四年も続く激務のため病を得て後を副将の紀広純に任せて都へ戻り、間もなく亡くなりました」

「駿河麻呂は五歳年上で、坂上郎女の娘・姉妹を妻にしている義理の兄弟だ。橘奈良麻呂の乱で死罪は免れたが長く不遇だった」

「父・古慈斐が橘奈良麻呂の乱に巻き込まれて伊豆に流された頃、私は陸奥の多賀城に居ました。この乱を始末した藤原仲麻呂の三男・朝狩《あさかり》が陸奥按察使《あぜち》として多賀城に着任し、出羽国に雄勝城を築いて裏日本側を固め金の鉱山を守るため桃生柵《ものうさく》を築きました。こうして産出した金は都に送られて仏像を飾り金貨となり、多賀城は朝廷の威信を示す都風の立派な建物に改築された（第Ⅱ期）。朝狩は七六二年、都に戻って参議に昇叙し、残った私も三階級特進して従五位・陸奥介に、さらに私は支城の伊治城《これはる》を築城し、郡制（後の宮城県栗原《くりはら》郡）を整えた功で正五位上となり都へ戻りました。

宝亀十一年（七八〇）三月、『宝亀の乱』が起きました。陸奥国伊治郡の大領伊治公呰《これはるきみあざ》麻呂《まろ》が俘囚《ふしゅう》（朝廷の支配に属し移住させられた蝦夷の民）の軍を動かして、陸奥按察使紀《きの》広純《ひろずみ》と牡鹿《おじか》大領道島大楯《おおたて》を殺し逃走して行方不明に、多賀城は略奪されて炎上し朝狩が造った多賀城も二十年足らずで全焼しました」

「私が薩摩守のとき病になり後任で来たのが紀広純だった。殺されたとは気の毒に」

「呰麻呂《あざまろ》は私が伊治城を築いた頃取り立てた男で、体も大きく仲間に一目置かれていました。駿河麻呂亡き後、陸奥按察使になった紀広純は部下の大楯と呰麻呂を競わせて使っていたようで、侮られ続けた呰麻呂はまず大楯を、続いて上司の紀広純を殺したようです。

朝廷は呰麻呂蜂起の報に驚き、乱の平定のため兵部卿の南家・藤原継縄《つぐただ》を征東大使、右兵衛督の私を征東副使兼陸奥守に任じました。継縄卿は準備不足と言って京から出発しないので、私たちは先発隊として多賀城へ行き、敵の要害を遮断して反撃する準備に入りました。

七八一年一月、継縄卿は罷免され、代わりに北家・藤原小黒麻呂《こぐろまろ》が二千の兵を率いて多賀城へ到着した。到着後も合同軍は優勢な蝦夷の軍勢を前に大規模な軍事作戦は展開できないまま、翌年六月征夷部隊は解散し八月に一緒に帰京しました。小黒麻呂は『後に来た本隊は多賀城到着後速やかに進軍し、奪われた諸城を回復した』と賞されて三階級昇叙したが、『先発した副使の軍は現地に到着後速やかに進軍しなかったので勝機を逸した』と非難され降格されました。先に罷免された藤原継縄卿は叱責や左遷などの沙汰なく、われわれだけ降格とは…」

任地多賀城への長い旅も半ばを過ぎ、白河の関を越えるといよいよ陸奥に入った。道端の民家や田畑のたたずまいもこれまでと違い、吹く風まで早い秋の訪れを告げていた。昨夜須賀川宿の主が教えてくれた安積山《あさかやま》が左手奥に見えてきた。葛城王の頃の橘諸兄が役人として視察に来た時、宴席でも昼の不満が残る表情の王を、元采女《うねめ》が舞いながら宥めて詠ったというのどかな話を思い出した。

**安積香《あさか》山影さへ見ゆる山の井の浅き心をわが思はなくに**　（一六／三八〇七）

奥州路を更に北へ進むと会津に向かう道が分かれる辺り、左手奥にひときわ高い山が見えてきた。麓には白い雲が纏わりついているが、手前の山頂から伸びた稜線の先に仰向けに臥せた処女《おとめ》の乳首のように滑らかな尾根が山頂につながり、さらに奥の嶺に向かう稜線が初秋の青い空を背景に心地よく続いていた。家持が山の名を尋ねると、やがて戻ってきた従者は土地の人の口調を真似て「アダタラやまでがんす」と答えた。これが東歌に出てくるあの安達太良山か、忘れていた歌を頭の隅から引き出そうと道の傍らで一休みした。

東歌　比喩歌

**みちのくの安太多良《あだたら》真弓弾《はじ》き置きて撥《せ》らしめきなば弦著《つらは》かめかも**　（一四／三四三七）

ずっとほったらかしにしておいた弓が戻らないように、今さら私たちの縁は戻りません他にも安太多良《あだたら》を詠んだ歌があったことに気が付いた。

雑歌　弓に寄せる　歌枕

**陸奥《みちのく》の安太多良《あだたら》真弓《まゆみ》弦著《つらは》けて引かばか人の吾《わ》を言《こと》なさむ**

**安太多良の真弓の弦を引くように気を引いたならば、人は私達を騒ぎ立てるでしょうか**

（七／一三二九）

そう言えば他にもあった、芋の蔓《つる》を手繰るように次の歌を思い出した。

東歌　相聞

**安太多良《あだたら》の嶺《ね》に伏す鹿猪《しし》のありつつも吾《あれ》は到らむ寝処《ねど》な去りそね**

**あだたらの嶺の鹿や猪のようにいつもの寝床を離れるなよ、私は絶えず逢いに来るから**

（一四／三四二八）

別々では気がつかなかったが、三歌とも『歌垣』に参加した若い男女が声を掛け合って詠った歌だろう。歌の分類や並べ方次第で読む人に与えるイメージが変わってしまう…、改めて歌集を作る難しさを痛感した。

多賀城は丘陵に囲まれたなだらかな台地の上方にあった。先年の放火で甍を並べていた唐風の豪華な建物群は無残に焼け落ち、焼け跡では慌ただしく再建が始まっていた。やがて三十年前に藤原朝狩が改築した多賀城とほぼ同じ姿になるようだ。

注：この時再建された多賀城第Ⅲ期は貞観地震（八六九年）で崩壊しその後また再建された

陸奥政庁の構えは幼い頃見た太宰府政庁と似ていたが、比較すると蝦夷への守りが少し弱い気がした。各地から運ばれる木材、石材などの資材は船で松島の奥にある塩釜の津に着き、人夫たちは多賀城裏口まで二里ほどの道を馬車で運んでいた。ここ数年の激しい攻防に疲れたのか、諸国から動員されて来た作業者の顔の表情は乏しく、俘囚たちも黙々として働いていた。

翌七八三年春、陸奥将軍大伴家持は多賀城より東北東約三十キロの地に再建された出城、桃生《ものう》城の視察に出かけた。馬に乗り隊列を組んで進むとやがて塩釜の津を抜けて右手に松島の浮かぶ海を見ながらの道になる。しばらく進むとやがて北上川の筋が幾重にも別れた大きな河口に数十軒の人家が密集した津があり、その石巻の町に一泊した。

翌日も朝から駆け続けたので、もうすぐ桃生城という声に安心して、少し手前の黄金神社に立ち寄ることにした。天平二十一年（七四九）、我が国初の産金を祝して建てた朱塗りの社殿が金山の手前の鬱蒼とした木々の中にあった。鐘を鳴らして静かに額づいていると、出て来た神主は目の前の将軍がかの歌人・大伴家持と知って大いに喜び、ぜひ此処で

『陸奥国より金《くがね》を出《いだ》せる詔書を賀ぐ歌《ことほ》』を詠んで奉納して欲しいと言った。

家持もあれ以来ずっと口にすることは無かったが、長歌（一七／四〇九四）前掲

**「葦原の瑞穂の国を天降《あまくだ》り　しらしめしける天皇《すめろき》の…」**

と詠い始めると亡き聖武帝が思い出されて涙があふれて来た。さらに

**「鶏《とり》が鳴く東《あずま》の国の陸奥《みちのく》の小田《をだ》なる山に金《くがね》ありと奏《まう》し賜《たま》へれ…」**

の辺りでは周りの人々も誇らしげに声を合わせた。更に進んで

**「大伴の…仕《つか》へし官《つかさ》海行かば水漬《みづ》く屍《かばね》山行かば草生《む》す屍《かばね》大君の辺にこそ死なめ顧《かへり》みはせじと…」**

では、神妙に頭を下げていた人々も、最後の反歌

**天皇《すめろぎ》の御代栄えむと東《あづま》なるみちのく山に金《くがね》花咲く**

（一七／四〇九七）

に至ると大きな声を上げて一斉に唱和してくれた。

声はかすれ、拭いきれない汗と涙にまみれながら最後まで歌い終えると、神主と地元の人々の間から拍手が上がり、随行者も誇らしそうな笑顔で大きな拍手と歓声を挙げた。歌を通して人々と共感した喜びで家持は右手を振り上げ、頭を下げて感謝の意を伝えた。この日は陸奥に来てから最良の一日、いや橘奈良麻呂の変以来久しぶりの晴れ晴れした一日

となった。
翌日は桃生城で前線を護る兵士たちから蝦夷の現状を聞いた。この辺の金山はあらかた掘り尽くされたので蝦夷の主力は金を求めて北上川上流の方へ移住したという。北西北二十余里にあった伊治《これはる》城の様子を聞くと、宝亀の乱を起こした伊治呰麻呂はいぜん行方不明で、伊治城は焼け落ちたまま無人の廃墟になっているという。呰麻呂と彼が見逃がしたという陸奥介大伴道綱を探し出して、陸奥の地を治め直そうと考えていた家持の思惑は外れた。

帰途は別の道を通って多賀城へ向かった。途中、背の高い萱が生い茂った萱原の中を通る細い道に入ったので、馬を従者に預けて歩くことにした。しばらく歩き続けるとさすがに疲れが出て、前を行く人から遅れ始めやがて完全に見失った。一筋の細い道が続いている足もとを残して前後左右すべて緑の萱で包まれてしまった。その中で呆然として立ちすくんでいると、萱が大きく風に揺れ、揺れる萱につられて家持の心も揺れ始めた。しっかりしろと頭を叩き、目を凝らして前方を見ると、小さい人影が走って行き、道の奥の方にふっと消えた。あわてて家持も走って人影を追うと、見えてくるがすぐまた奥に消えた、夏の日の逃げ水のように…。しかし人影は消える前に一瞬こちらを見て立ち止まる。そうだ、あのとき逃げて行った女、初めて会った時の笠女郎ではないか。

「待ってくれー」と声を上げて追いかけたが、やがて息が切れて地に倒れた。次第に遠くなって行く意識の中に、女郎の詠う声が聞こえてきた。

**陸奥《みちのく》の真野《まの》の萱原《かやはら》遠けども面影《おもかげ》にして見ゆとふものを**（三／三九六）

**陸奥の真野の萱原は遠くても想えば見えるというが、恋しい貴方は近くに居ても見えない**

引き返してきた兵士たちは倒れていた家持を見つけて、担いで本隊に運んだ。

二年間多賀城に居て分かったのは蝦夷の中にも融和的集団と敵対的集団があり、単純に力で押すやり方ではこの地を守り更に北へ前進することは出来ない。この状況を打破するには従来のような都度の派遣軍に頼るのでは無く、多賀城近辺の二つの郡を整備して常駐する兵を増やす、つまり防人式から屯田兵式へ変換することで、家持はその必要を訴えた建白書を都の政府に送った。しかし急いで大きな成果を挙げたい桓武天皇には迂遠過ぎたのか、延暦三年（七八四）十一月、都を新しい長岡京に移す作業に忙しかったからか、特に反応は無かった。

翌延暦四年（七八五）、厳しい夏の終わる八月二八日、鎮守将軍大伴家持は多賀城で死去した。その朝起きて来ない家持を呼びに行った資人がその死を伝えた。現地で仮葬儀の後、首だけを樽に納め塩を詰めて旧都奈良へ送った。遺体が着くと大伴一族が集まって葬儀を行い、九月二十日佐保の墓処に埋葬した。

九月二十三日薄暮、普請の続いていた長岡宮で、造営見回り中の造長岡京使藤原種継が遠矢で殺された。当日桓武天皇は大和へ行幸中であり、留守番役の右大臣藤原是公《これぎみ》らが迅速に調査して、その夜の内に暗殺犯として近衛兵士伯耆《ほうき》浮麻呂と中衛府の兵士牡鹿木積麻呂が捕えられ、大伴真麻呂、佐伯高成らとの共謀を自白した。家持の佐保邸は捜査され、下僕達から「三年前、主の家持が早良親王の宮から戻った後、急いで作った箱に書物などを納めた」と聞いて、二人をつなぐ陰謀の証拠として数個の箱を押収した。大伴古麻呂の子・継人らは家持を暗殺の首謀者とし早良親王の関与を証言したので、親王は乙訓《おとくに》寺に幽囚された。

藤原種継が桓武帝の意を受けて進めた長岡京造営は奈良・南都寺院の影響力を排除するためなので、幼時より東大寺の僧となり、還俗して皇太子になった早良親王とは基本的に対立関係にあった。早良親王と組んで種継を殺した黒幕は奈良の都に強い愛着を持つ大伴家持とされ、遺骨は埋葬の済んだ墓から掘り出されて何処かへ捨てられ、さらに生前の官職も剥奪された。

桓武天皇には、天智帝亡きあと弟・大海人皇子による『壬申の乱』で皇統が移行した先例を恐れて、この変を利用して一日も早く亡父光仁天皇が推した同母弟の皇太子・早良親王を降ろして、皇后乙牟漏の腹の安殿《あどの》親王を皇太子にする狙いがあった。しかし誤算は早良親王が寺に幽囚されても無実を訴えて断食を続け、淡路国に配流される途中河内国高瀬橋付近（現大阪府守口市）で憤死し、死後怨霊となって天皇の身辺に祟り続けたことである。

延暦七年桓武帝の后旅子、母高野皇太后、皇后乙牟漏が次々に亡くなった。桓武は早良の御陵のある淡路国国府に命じ、御陵に塚守を置き周辺での殺生を禁じた。延暦九年秋から冬にかけて天然痘が流行し安殿皇太子の身が危ぶまれると、その因は早良親王の祟りにあるとされ、早良を祀った神社を造り『崇道《すどう》天皇』を追号した。さすがの桓武も晩年は相続く執拗な祟りで弱気になり、折角造った長岡京を十年弱で廃棄し、延暦十三年（七九四）

同じ山城の地に新たに平安京を造営して遷った。こうして実現した平安京はやがて『千年の王城』として歩み始め、一方奈良は古い巨大な寺院を護る僧侶達が住むだけの『仏の里』となっていった。

この変の実行役と想定された南家大納言藤原是公《これきみ》は結局何の報酬も得ること無く、自分の娘で桓武天皇妃吉子の子を皇太子にする願いも無視されたようだ。桓武帝はこの変の代償に寵臣種継を失うことまでは考えなかったようで、以後是公が亡くなる七八九年まで二人の仲は冷たかったという。

先の『氷上川継の乱』で藤原浜成が失脚して京家が壊滅し、その後続いた藤原南家と式家の抗争で両家は共に衰え、漁夫の利を得た北家の房前・真楯系が『藤原氏』の主流となって平安時代四百年にわたり天皇の脇で権力を独占し続けた。

延暦二五年（八〇六）二月、桓武帝は亡くなる直前に、五百枝親王や大伴永主（家持の長男？）など事変に絡んだ人々を配流先から戻して元の官職に復帰させた。しかし万葉集の草稿に向けられた桓武の怒りは解けなかったのか、単に禁を解くのを忘れただけなのか、依然『禁書』として宮廷の奥深くに秘蔵され続けた。

# エピローグ

八九四年、第五九代宇多天皇に抜擢された菅原道真の建白で遣唐使派遣は廃止された。この頃には唐帝国の衰退が著しく、多大な人的・財政的出費に見合う成果が得られないというのがその理由であった。対応して和風回帰の波が顕著になり、人々の関心も漢詩から和歌（短歌）へ移って行った。道真自身和漢の学問や詩歌に長じていて、日本古来の和歌を称揚するため、平安人が詠んだ短歌とその心を漢詩に訳した百余首を併記した『新撰万葉集』を編んで時代を先導した。

やがて道真は左大臣藤原時平に讒言されて太宰府の帥として都を追われた。次の歌は辺鄙な九州に左遷された道真がわが身を嘆いて詠ったとされている、

**東風《こち》吹かば匂《にほ》ひ起こせよ梅の花、主《あるじ》無しとて春を忘るな**　（拾遺集）

**東風が吹いたら美しく咲いておくれ梅の花、主が居なくても春が来たのを忘れるなよ**

しかし万葉集に私淑していた道真が、太宰府の大先輩の帥であった大伴旅人が開いた『梅花の宴』に因んで詠ったと考える方が近いのではないだろうか。

ともあれ左遷先の太宰府で死んだ道真の恨みは、やがて強力な怨霊となって仇敵を相次

いで急死や失脚に追い込み、雷神となって御所を炎上させたということになった。恐れ驚いた朝廷は道真を『天神』として盛大に祀り上げ、一方「さわらぬ神に祟りなし」として、開きかけていた万葉集の箱のふたを再び封印させた。道真死後の九〇五年、醍醐天皇に献上された我国初の勅撰『古今和歌集』では、万葉集を名誉ある『古』の歌集と敬意を表するだけで、そこから採った歌は無い。

六二代村上天皇は歌人としての自負もあり、僅かの歌人が隠れて万葉集を読む状況を改めようと、九五一年側近の藤原伊尹《これただ》に命じて桓武帝の呪いの箱を開けさせた。当時既に『かな』を使った物語や和歌が一般化しており、万葉仮名で書かれた倭歌を読める人は居なかった。解読作業を命じられた梨壺宮に伺候する源順、清原元輔(枕草子の著者、清少納言の父)ら『梨壺の五人』は、謎だらけの怪物を前に途方に暮れた。漢字ばかりで書かれているが漢詩とも思えず、さりとて「やまとことば」を写したとも考えられず、漢字ばかりが並び、しかも行書と草書が入りまじり、時に一字なのか二字なのかも定かでなく、音・訓何れで書かれたのかも分らない。また、同一音に対し幾通りもの使用字があり、十人十色とも言える状況である。例「い」―「伊夷以異已移射」　短歌の方は何となく意味が辿れるが、長歌に至っては句切りの位置さえはっきりしない。参考にする辞書や類書もない中、五人で試行錯誤や模索を数年続けていると、濃い闇の中から化石のように眠っていた歌が次々に蘇えり、一部に珍訓やこじつけはあるが大半約四千首が体系的組織的に「かな」に移し変えられた(古点)。それから半世紀も経つとプロローグで述べたように、藤原道長など権力者から中宮に伺候する女官までが読む、必須な古典的教養と認められるようになった。

以後今日まで約千年、残された約五百首を解読し先人の読み誤りを正して後代に伝えるなど、多くの歌人や学者による調査・研究で改善が加えられ、時代によって多少歌の解釈や評価に変化はあるものの、世界に誇る日本文学の古典として多くの人の支持を得ている。

著者

八木　喬（やぎ　たかし）

一九三九年　新潟市生まれ
一九五八年　新潟高校卒
一九六四年　東北大学工学部電子工学専攻修士課程修了
同年　㈱安川電機入社
研究所、プラント設計、ロボット開発、関連会社勤務を経て
二〇〇二年　退職　福岡県北九州市八幡東区在住

以来第二の故郷になった福岡で、折に触れて身近の遺跡や由緒ある神社等を訪れ、関連して万葉集に興味を持つようになった。そして万葉の主要な歌人である大伴旅人や山上憶良の殆んどの歌は奈良の都ではなく九州の太宰府で詠んだものであり、また防人の歌には勤務地である北部九州は殆ど登場しないことを知った。さらに千年に渡って万葉集に関する研究書や解説書は多く書かれて来たが、誰が何のために万葉集を現在の姿にまとめたのか、大伴家持の万葉集への関与の仕方、家持の後半生については、依然多くの謎があることも知った。そこで自らの疑問に答えるように、万葉集に収録された多くの歌の作者、日時や説明文の背景を手掛かりに奈良時代の歴史を調べながら、本書を書き始めた。

草稿段階から目を通し、有効な助言と励ましを与えてくれた旧友佐々木敏明、乾和夫氏に感謝する。
また櫂歌書房の編集の黒田美恵さんは資料の収集・編集を、田中弘美さんは表紙・見返などに「王朝」の装幀、デザインをしていただき望外の喜びです。代表の東保司氏に感謝とお礼を申し上げます。